津村記久子

連雪雅 譯

上班族小說家的碎念日常

卯起勁來無所謂！

導讀

津村記久子：「失落世代」的發言人

新井一二三

每個世代都需要發言人，津村記久子可說是日本所謂「失落世代」的發言人。

「失落世代」是指從一九九三年到二〇〇五年間，從學校畢業出社會的一代人。當時日本經濟不景氣到谷底，新鮮人找工作特別困難，媒體稱之為「就職冰河期」。一九七八年一月二十三日在大阪出生的津村記久子，於「就職冰河期」正中間的二〇〇〇年畢業於京都大谷大學。在好不容易才應徵上的公司，她遭到上司霸凌，十個月後便辭職。之後，她邊上班邊寫作，〇五年以《你永遠比他們年輕》（台譯：等待放晴的日子）獲得太宰治獎而受到注目，〇九年以《綠蘿之舟》（ポトスライムの舟）得到芥川龍之介獎。

津村記久子寫的是社會中下層的年輕人。太宰治獎得獎作品的主角，是三流大學的女學生堀貝。她沒有交過男朋友，卻不肯承認自己是「處女」，反要用「童貞女」、「不良庫存」等去掉男性觀點的詞語自稱，顯然是被男性中心主義的社會反覆欺負而心理受傷所致。她本人以及友人都多多少少遭受過虐待，乃來自家庭、同學、廣大社會等各方面的。著名作家松浦理英子高度評價這部小說，寫道：它具備著訴諸讀者靈魂的力量，是一部傑作。

又如芥川獎作品的主角—長瀨。她有房，有工作，有的吃，並不符合傳統定義的弱勢族群。可是，父母離異以後，與母親兩人相依為命的屋子已經破舊，收入偏少使她必須兼三份差，吃的是廉價便當。再說，她周圍的老同學等都處於差不多的處境，顯然構成一個階層。在經濟低成長，甚至負成長的社會裡，即使暫時的衣食住行不成問題，總是得小心翼翼地盤算著手頭上的錢還有多少，以便確認短期內不會挨餓，但不可能對未來抱有任何希望。

村上龍於二〇〇〇年問世的長篇小說《希望之國》（希望の国のエクソダス）裡，就讓登場人物說過：這個國家什麼都有，就是缺乏希望。當國家經濟開始萎縮之際，國民生活並不是一下子就變窮的，反而是會先蒸發掉社會上那些對未來的希望。同一年出社會的津村一代人，面對的就是那麼一個社會。當年小泉純一郎首相帶領的長期政權，推行了新自由主義經濟政策，使得日本曾有的終身雇傭制即鐵飯碗崩潰，結果勞動市場愈來愈多低薪而臨時性的非正規工作。當時的流行語是「勝組 vs 負組」，可是過了十五年，簡直多半的日本社會都淪落為「負組」。

在「失落世代」之前，從一九八六年到九三年之間出社會的一代人，則被稱為「泡沫（經濟）世代」；當時找正職易如反掌，收入也偏高，還能期待可觀的獎金。結果，二十多歲的年輕人都買得起名牌服裝、皮包，也常到國外度假旅行，跟《綠蘿之舟》的女主角謹慎考慮能否將工廠裡工作一年得來的薪水存下來、去坐郵輪環遊世界，呈現明顯對比。在「泡沫世代」和「失落世代」之間，最大的差別在於對未來有沒有希望，而其背景是非正規工作的增加，即經濟全球化的進展。

跟二十世紀的女作家曾寫了家庭、戀愛、消費生活不同，津村記久子主要寫工作，即職場上的喜怒哀樂。如今全球化波及日本，留在家裡伺候丈夫、孩子的「專職主婦」早已成了昔日傳說；反之，不分男女都要販賣時間換取金錢生活。老實說，年長的讀者看來，她書寫的內容低調得簡直令人不敢置信。難道小說家不再給讀者看華麗的夢想了嗎？她散文集的書腰上竟然寫著：既低調又單身，也可以過得幸福呢。上世紀的女作家寫了帥哥男友、海外旅行、高級餐廳；津村記久子則寫女同學、郊區的商場、連鎖餐廳。令人大開眼界的是，這種書寫果然贏得她同代人的熱烈支持，因為那才是他們真正過的日子，而每個世代都需要發言人。

如今在全球化的世界，大多數人過著很低調的生活。從這一點來看，津村記久子的書寫可以訴諸全世界的上班族。她在日常生活中找到的小小樂趣，也會引起各地讀者的共鳴吧。本書日文原版的後記裡，作者寫到：如此低調的傻瓜都好說歹說能活下去，讀者們把我當底線都不妨。她顯然志願著療傷文學；這是自尊心很高的人，才能承擔的高貴任務。津村記久子日前已辭職，成為專職作家，並且獲得二〇一三年的川端康成獎和一六年的藝術選獎新人賞。希望今後她越來越多作品被翻成中文，能抵達台灣讀者的手中以及心中。

（本文作者為日本作家，明治大學教授）

I 本週的搜尋

II 脫線的每一天

III 脫線卻豐富的每一天

IV 上班族作家

I 本週的搜尋

隨意就好

生活平淡無奇的我，竟然會有大生意找上門[1]。想當初，真的已經靈感用盡，卻成天窩在公司裡放空，也不覺得那有什麼不好。雖然會外出覓食，卻老是吃生醬油[2]烏龍麵，對於季節的移轉相當無感，資訊來源全靠地下鐵車廂內的廣告吊牌，這樣的我何德何能……

話雖如此，這可是一筆大生意啊，當時的我非常猶豫。帶著猶豫的心，一如往常上網搜尋，突然間發現了一件事。我，每天都會上網搜尋。

既然如此，就來寫寫每週搜尋的東西吧。為求慎重起見，做了那個決定後，我做了一本靈感冊，打算好好重新思考自己每天查了些什麼。「非洲灰鸚鵡」、「紅茶的咖啡因含量」、

1. 作者當時接獲《日本經濟新聞》散文專欄「Promenade」的邀稿。
2. 未經加工加熱過程的醬油。

「過去未來」、「失眠／湧泉／穴位」等，感覺查過的東西很難兜在一塊兒。這麼看來，我勉強算是對養生略感興趣的人。靈感冊的封面上寫著「feel free」。就連寫備忘錄都小心翼翼的我，要是沒這樣寫下來提醒自己，恐怕一想到什麼就會通通都去查。不過，先這麼寫，總會反射性地寫出什麼吧。這算是對自己下達指令，但仔細想想，這樣一點都不隨意，反倒是在恐嚇自己的假隨意狀態，我默默含淚寫下心中的感觸。

我的確有點厭倦了這樣的生活，為了讓自己真正進入「隨意」的狀態，試著用「feel free」上網搜尋。結果，畫面突然跳到輕艇的網購頁面。好像是因為該公司名稱就叫「feelfree」。我心中暗想，居然會連結上輕艇這東西，呆看著網頁裡那些乘艇破浪，或是坐在小艇裡釣魚的阿兜仔，一派輕鬆自在的模樣。輕艇這東西，過去我想都沒想過，頓時心生嚮往，水喔，輕艇。

我接著瀏覽「feel free的方法」，共有十一項，看到全是英文，立刻變得意興闌珊。當中我注意到「向父母傾訴煩惱」這一項。說起我媽，雖然她從不看書，對我的筆名和文章標題倒是很有意見。看來，工作上的煩惱還是無法告訴父母。另外還有，洗臉、淋浴或泡澡等等，然後我發現一個很讚的方法—「跳進泳池裡！」。不過，這在日本應該行不通，於是略感不爽地關了網頁。

對了，後來我才知道原來Cream[3.]有一首很有名的歌就叫《I Feel Free》。可是，現在的我聽了那首歌就能變得自在隨意嗎？唉，但我也提不起勁去買CD。最終仍舊不了了之。

不經意地瞥向桌面，看到有個名為「feel free」的資料夾。藍底的桌面突顯「feel free」的白，看起來真美。感覺那行字彷彿漂浮著，心情稍微變好了。

3. 一九六〇年代的英國搖滾樂團，一九六六年成軍，兩年後解散，一九九三年及二〇〇五年曾短暫復出。由吉他之神Eric Clapton、貝斯手Jack Bruce、鼓手Ginger Baker組成。

本週的生活密技（貧）

經常在網路上看到冠上「生活密技（lifehack）」一詞的網站。這類網站簡單地說，就是分享類似「工作訣竅」的內容，詳細介紹提高工作效率的文具，或是管理時間、作業流程的方法。光看就覺得頗有收穫，所以我每天都會瀏覽。

某天我發現，公司電腦瀏覽器的書籤又變少了。我的瀏覽器書籤不時會減少一半，為何會這樣，我也搞不懂。不過，因為我的作業系統是很舊的Windows 98（現已改成XP），像這樣出問題似乎也不奇怪。這時候，只好利用搜索引擎找想瀏覽的網站。一如往常在搜索框內輸入「生活密技（lifehack）」，馬上跳出資料頁面，找到想瀏覽的網頁。但，出現在網頁上方那些別人搜尋過的關鍵字，反而更引起我的注意，當中我看到了「生活密技（笑）」。（笑）？笑什麼？我趕緊往下拉，哦～原來如此。有陣子日本雜誌的標題會把點心刻意寫成「甜食（スイーツ）」，隨後衍生出揶揄女性價值觀的「甜食（笑）」，而「生活密技（笑）」則是酸男性用的。但這不是新的流行用語，看來只有我在狀況外。

本來我就覺得自己是個無知的人，這次再度證實。是啊，這就是我（笑），暗暗佩服起自己。可是，就算我看網路上介紹的商品會看到傻笑，卻連一次也沒買過。每次看的時候都覺得，真不錯啊，這些好像都是工作厲害的人會用的東西，那些人打算用這些東西一展身手吧，我就沒那種能耐。如果不是用回收紙，我就寫不出東西，像這樣想東想西，忽然間驚覺，這樣的我，與其說是（笑），應該是（貧）吧。

沒錯！我是「生活密技（貧）」啊！心中隨即湧上一股想找到同伴的興奮感，輸入「生活密技（貧）」搜尋。臉上盡是掩不住的得意。但，顯示結果卻是查無資料。仔細瀏覽了四頁，還真的沒有。內心大受打擊。看樣子「生活密技（貧）」是不存在的。

而且，搜尋到的網頁頻頻出現「貧乳（平胸）」二字。比起「貧窮」或「貧血」，「貧乳」是很奢侈的煩惱。好優雅的生活密技。為了確認，我又把生活密技加上「貧窮」、「貧血」、「貧乳」重新搜尋，幸好結果是前兩者較多，令我稍微鬆口氣。

順帶一提，「把裁成A6的回收紙先直向對摺，打開後再各摺三折，摺線變成格線，寫起來很方便」，這是我最近發現的生活密技（笑）。如果要記很多東西，沒有格線的紙不好寫，要是手邊剛好沒有那樣的紙，不妨試試這個方法。

再犯的恐懼

出門在外能不能安心上廁所，一直是我人生中最大的煩惱。搭到客滿的電車、低薪、書賣不好、影印機唱反調、店員叫不來、睡眠不足、找錯零錢、被路人吐口水等等，基本上這些事我還忍得住。唯獨想上廁所不能上，真的沒法度。

除了對眼前的事不安，就連三個月後的員工健行活動，我也很擔心在遊覽車裡該怎麼解決上廁所這件事。健行活動前的那段期間，我幾乎天天都很鬱卒。

滿腦子都在想如何讓遊覽車停下來的藉口。還好，當天倒是安全過關。只是我也忘了是怎麼度過的。

既然這樣，別那麼在意上廁所的事不就好了，但我無法相信自己。因為我有前科。二十三歲時，參加一日遊的我，曾在回程路上讓遊覽車停下來過。反正都長大了，不必再忍耐，於是我理直氣壯地說想上廁所。當時的經驗現在想來卻是無比沉重。二十三歲正值年輕力壯的我都忍不住了，如今體力更加衰退，我忍得了嗎？

對於上廁所的不安逐年增加，這樣的我再度面臨考驗。因為對談活動認識了劇團「桃園會」的團長，他說劇團要公演岸田國士[1]的作品，問我能不能參加之後的交流會。我一如往常馬上答應。後來想想，實在是有欠考慮。參加交流會，這就表示我必須看完公演。公演是活生生的演員在眼前的舞台上表演。當然，在台下的我也是活生生，滿懷著活生生的不安。當活生生的演員演出時，要是想上廁所該怎麼辦？

這次可能沒那麼好運了，如果真的忍不住，實在很失禮。不過，前些日子去看電影《星艦迷航記》時，入座前我一直想上廁所，結果還是看完了。啊，我知道了，一定是那天把好運都用完了。那天是很開心看到不同年紀的史巴克（Spock），這是重點嗎？唉呀呀，為什麼是史巴克大副。

煩惱不已的我，上網去搜尋「吃了不會想上廁所的食物」，結果查無資料。控制水分，這種理所當然的方法我拒絕嘗試。但瀏覽網頁時，看到棒球裁判因為不能上廁所，偶爾會從褲管小解的冷知識，矮額。

抱歉、抱歉，邊道歉邊離席，公演開始前我已經上了三次廁所，回到位子上後還是很不安，但這次也安全過關了。演出過程中，我沒有中途離席。岸田國士的作品非常有趣。公演結束後，我傻笑著參加交流會，並且順利完成任務。然而心中仍然很不安，自責感久久不散。我想，在「吃了不會想上廁所的食物」發明出來之前，我沒辦法相信自己。

1. 日本劇作家、小說家、評論家、翻譯家。代表作品有：《暖流》、《牛山旅館》（牛山ホテル）等。

養孩子，好可惜啊

自從朋友嫁給西班牙人後，我開始斷斷續續學起西班牙語。主要是為了將來去西班牙找朋友玩才學的，但近期內沒有去西語地區的打算，學這個語言對我的嗜好也沒幫助，只是為了去玩，讓我一直提不起勁。不過，西班牙語很有趣，所以我也學了快一年。

因為沒有跟老師學，也沒有一起學習的同伴，無法理解的地方很多。尤其是「過去未來」的文法概念，真的搞不懂。看了不少例句覺得好像懂了，其實還是一頭霧水。所以我經常查資料。我不是查寫參考書的專家如何解釋，而是去查像我這樣的自學者怎麼理解那些文法，結果還是搞不懂。

至於參考書上常見的說法，講白了就是「過去未來式」，這是什麼意思啊？「等我長大了，我會成為堂堂正正的大人」，是像這樣的感覺嗎？好像又不是。簡而言之，就是「would

（將要）」的意思吧。雖然常看到那樣的解釋，但我對would本來就不太了解，這下反而更搞不懂過去未來。

說也奇怪，平常說話的時候，根本不會去想什麼過去未來或是would之類的變化，關於過去未來的事總是輕易地脫口而出。既然如此，每天花個十分鐘，把自己當成西語地區的小朋友來學，或許就能學會了，像這樣想東想西，並且為了跳脫日語的思考模式，試著用西語寫作，結果還是不太順利。

最近，我覺得光是會說一種語言已經是很厲害的事。小學生或幼兒園的孩子，出生後過了幾年就學會怎麼說話。被養育到那樣的程度，無論是孩子或其父母都很了不起。我再次感受到，在孩子身邊教導他們說話的父母多麼有耐性，人類真的很偉大啊！害我也好想有會說西班牙話的父母。

每當我心不在焉地想著那些有的沒的，最後總會想到父母殺害孩子的事。做那種事真的很不應該，不過那和語言有什麼關係？我想到的是，孩子學會了說話，到了小學中低年級的年紀卻被父母殺害。那些父母的心態，我實在無法理解。然而，沒生過孩子的我，能夠說的也只有「都已經養到那麼大了」。膚淺的我是這麼想的，語言的使用在生物當中算是近乎奇蹟的技能。可愛的孩子學會那樣的技能後，卻奪取了他的性命，做出這種事也真是夠狠的。既然都生下來了，又讓他學會那樣的技能，想到這些，難道不會打消念頭嗎？我真的不懂。是鬼迷心竅嗎？由愛轉恨、萌生殺意的那瞬間，若能想起「這樣多可惜」，也許就不會發生令人遺憾的事了。這麼想的我，確實很膚淺吧。

麵包與我

我心中的大餐，就是碳水化合物。想起二十多歲時，老是嚷著肉肉肉、砂糖脂肪砂糖脂肪，現在則是碳水化合物，朋友也是這麼想。含有碳水化合物的四大天王是，馬鈴薯、烏龍麵、米飯，和麵包。特別是馬鈴薯，有時光是聊馬鈴薯就能聊上約三十分鐘，可見它有多棒。時不時去美式餐廳也不是為了吃牛排或漢堡，而是配菜或附餐的馬鈴薯泥。這麼說來，我一直在想馬鈴薯泥的事。假設腦子裡有個房間，牆上應該貼著馬鈴薯泥的海報，然後穿著印有馬鈴薯泥插畫T的我，整天窩在裡頭。

不過，碳水化合物也不能太常吃。因為爽口就不忌口，只會讓自己發胖而已，我和朋友的身體代謝早就不如以往。但，馬鈴薯泥這東西不去特定地方就吃不到，所以還沒關係。真正有問題的是麵包。為什麼是麵包？因為到處都買得到。而且，它比其他東西來得輕，熱量卻很高。麵包本身已有不少熱量，然而搭配的抹醬、配料或夾餡更是不容小覷。「光是麵包抹奶油，已經超好吃！」，雖然我常這樣說，可別輕忽「光是」抹奶油這件事。奶油並非等閒之輩，是相當夠分量的脂肪。而且它很輕，一不小心就會吃太多。所以，麵包對我和朋友來說不是主食，是好日子才會吃的特殊食物。

但，和我聊到碳水化合物的朋友，傳來的簡訊近三成都是「我告訴自己不要吃麵包，還是忍不住吃了」，像這樣的懺悔文。明明說好要和麵包保持距離的啊，真是pain de mie。講什麼法文，其實根本不了解意思。我常在街上看到這句話，一直覺得講起來有種為了麵包苦惱的感覺，從沒想過要去查它的意思。等等，或許這和我想像中的麵包與我（pain and me）是不一樣的意思，我趕緊上網搜尋。

果然！查到的資料眾說紛紜，有此一說是，在法國誕生的英式山型吐司，這說法頗具可信度。也有人主張pain de mie在日本是指，將部分麵粉加熱水揉成的麵包。mie在法文是麵包組織的意思。瀏覽網頁時，看到好幾張山型吐司的圖，愈看愈難受，真是pain de mie。滿腦子都在想，麵包好讚、麵包好讚。

去年麵粉漲價時，我擔心麵包的供給量會減少，每天下班就自己跑去知道的麵包吃到飽狂吃，每十分鐘就傳一次「麵包揪賀呷！」的簡訊給朋友。如今回想起來，當時的我好幸福。滿腦子想的全是麵包，看來今天要懺悔的人應該是我。

眼皮的啪嚓啪嚓

天神祭[1]不久前結束，ＰＬ煙火大會[2]也在上上週結束了。兩者在大阪都是具代表性的煙火活動。不過，那兩場煙火大會的當天，我都在家裡寫稿。當時不以為意，現在倒有點後悔沒去。

我不會為了看煙火拚死拚活。記憶中看過較盛大的煙火，就是兩年前天神祭看過的那一次。賞櫻、賞楓、看煙火，是日本的三大戶外娛樂，當中又以看煙火的難度最高。白天看不了，而且日期和地點也有限制。我不會去碰那麼麻煩的事。順帶一提，最容易的是賞櫻。每年四月的休假，我會刻意不做任何安排，盡情去賞櫻。雖然這樣也該滿足了，但我還是滿在意煙火的。只是，想到一窩蜂的人潮和找廁所的事，實在提不起勁。

如此沒毅力的我心想，看眼皮的啪嚓啪嚓就可以了。「眼皮的啪嚓啪嚓」（まぶたのバ

チバチ）是閉上眼睛就會看到的那玩意兒。朦朧的粉紅光暈裡，飄散著黃色或橘色、紫色的光粒。那個看起來不也很像煙火嗎？

讀幼兒園的時候，我經常看那個。幼兒園無聊透頂，夏期保育[3]的時候還會被強迫睡午覺，班上的小朋友也很壞心。相較之下，眼皮的啪嚓啪嚓有趣多了。對當時年幼的我來說，眼皮的啪嚓啪嚓是別具意義的小宇宙。用力壓眼皮就會看到暈開的光圈，這讓我更加相信自己的小宇宙論。

直到現在，很閒的時候我還是會那麼做，雖然不太想了解眼皮的啪嚓啪嚓是怎樣的現象，既然寫了這篇文章，就來弄個明白吧！於是我上網搜尋。先用「眼皮的啪嚓啪嚓」去查，找不到相符的資料。多是出現「睫毛啪嚓啪嚓」這類的文章。接著改用「眼皮裡　煙

1. 位於大阪北區天神橋的天滿宮，每年七月二十四日、二十五日舉辦的祭典，名列日本三大祭典之一。
2. 每年八月一日在大阪富田林市光丘鄉村俱樂部舉辦的煙火大會。ＰＬ（完美自由教團）是大正時代創立的新興教派，多以ＰＬ教、ＰＬ教團稱呼。
3. 日本人把暑假期間上幼兒園這件事，稱為「夏期保育」。

火」去查，結果出現很多「煙火真棒啊」之類的網誌，以及像是小說或歌詞的資料。也是，眼底的煙火是滿常出現在那樣的文章裡。再用「眼皮裡　火花」查查看好了，這次出現的全是情色小說般的網頁，真令人無力。

算了，用「眼皮裡」查就好，結果出現我想知道的內容。查到許多與疾病有關的資料，看樣子大家都對眼皮的啪嚓啪嚓很感興趣。剛剛只查到情色小說的孤獨感，頓時一掃而空。各大發問網站也有相關貼文，「@nifty：Daily portal Z」的木村岳人還上傳他的手繪插畫，我完全看到入迷。只是把「火花」、「煙火」從搜尋字串拿掉，就能得到如此清楚的答案。比起眼皮的啪嚓啪嚓是什麼，這點更令我驚訝。

那麼，眼皮的啪嚓啪嚓到底是什麼？有人說是殘影或微血管，或是隔著眼皮看到的光，還有閉眼時的壓力造成刺激，使眼睛誤以為是光，說法不一。邊思考那些說法，邊看眼皮的啪嚓啪嚓，感覺更有趣了。比起幼兒園的同伴，眼皮的啪嚓啪嚓才是陪我度過漫長歲月的好友。

套頭長衫的狡猾

記得是去年的晚秋，我在電車裡看到某女性雜誌的吊牌廣告，上頭寫著「有多少安排，就得有多少衣服！」說得如此果斷，令我驚呆。當時一起看到的朋友忍不住回嗆：「沒有安排，全裸就好！」這幾個月我一直在想，好像也沒必要氣成那樣。畢竟大家都不花錢也不是好事。總得有人消費，不，應該是狠下心大花一筆才行。於是，我重新認真思考「有多少安排，就得有多少衣服！」這句話，確實得讓年輕美眉卯起來消費，才能抑止景氣的惡化。加油吧美眉，多買幾件兩萬日圓的國產T恤。

說是這樣說，我自己卻是穿類似套頭長衫的衣服，悠閒吃著蒸馬鈴薯。公司廁所的鏡子很大，印象中我的樣子大概就是鏡子裡照出來的那樣，日復一日穿著類似套頭長衫的衣服。自從變成小腹婆，我便開始穿起套頭長衫，而且套頭長衫很便宜。基本上「當季特賣」的套頭長衫多是三千日圓以下，偶爾用定價買也不會超過五千。我居然有臉叫年輕美眉去買兩萬日圓的國產T恤，真是太丟人了。

叫別人多花錢消費，自己卻打算用去年買的三千日圓套頭長衫撐過夏天。我怎麼變得那麼卑鄙，忍不住在廁所裡反省。不過，「從頭上套著穿、腰部很寬，類似洋裝的衣服」為什麼叫「套頭長衫」。因為很在意，我去查了語源由來。

原來「套頭長衫」的日文アッパッパー（appappa）其實是「UP A PARTS」的簡稱，我倒是有點意外，因為發音聽起來很像日語。這相當於日文的「便服」，的確是。套頭長衫大約兩秒就能穿好。說到這，高中時朋友曾經很得意地說，她只要兩秒就能穿好內衣，看來兩秒是快速著裝的基準值。

不過，套頭長衫這個說法挺令人懷念。或許是已經過時，現在和我同年代的人，很少人這麼說。剛剛我提到的類似套頭長衫的衣服，在服飾店稱為「罩衫」，雖然店家沒把標牌錯寫成「套頭長衫二九五〇日圓」，但我還是想說，我穿的是套頭長衫。這樣聽了比較舒坦。

看起來大剌剌，內心卻時時提防別人的心機鬼如我，套頭長衫簡直再適合不過。但這樣下去的話，我真的會變成洗腦別人花錢、故意挖洞給人跳的差勁鬼，今年夏天還是去買好一點的套頭長衫吧。

米粉與鐵質的幻覺

大阪的夏天很熱。雖然整個日本都說是冷夏，對我來說卻是人生中最熱的夏天。整天頻頻出錯，呈現慢性手殘的狀態。

愈是熱到思考力下降的時候，懊悔的過往就會湧現。像我就是一直想到四月賞櫻時，朋友送的米粉司康。朋友用婆家種的米，磨成米粉做了司康，某天我睡醒後就吃掉了。虧她還特地在袋子寫上「加熱後更好吃喔」。不過，我覺得直接吃的味道也不賴，而且坦白說，我不太記得那是什麼味道了。和我一樣喜愛碳水化合物的朋友得知這件事，丟出一句「你這是犯罪」。對朋友來說，沒把好吃的食物用最好吃的方式品嘗，這是滔天大罪。我聽了無力反駁。

為此心中耿耿於懷。稍微想開後，我馬上就想起來。在那種情況重複上演的過程中，

「四月賞櫻時，朋友送的米粉司康」彷彿成了無法得到的夢幻逸品。

「我睡醒後就吃掉了，再做一次給我吧」，總不能對住在外縣市、一年只見一次面的朋友提出這樣的請求吧。即便對方聽了爽快地答應，那理由未免太窩囊。

算了，找一天自己做做看吧，原本打算去超市買米粉，沒想到那麼貴，要是自己在家磨米粉說不定還比較省。於是，我查了不少米粉的作法。但，就只是查而已。沒把查到的網頁印出來貼在冰箱，也沒將網頁存檔。不過，「做米粉司康來吃」這件事一直記在腦中，不時提醒我去查米粉的作法，瀏覽網頁的次數持續增加，回過神驚覺，竟然夢到自己在磨米粉。我已經會做米粉啦？最後以這種自以為是的錯覺草率收場。

這麼說來，最近我老是擔心鐵質不足，以為藏在置物櫃的「BOURBON ELISE威化夾心餅」包裝袋右下方的紅色圓圈印著「Fe」（鐵），結果搞錯了。欸，不是「Fe」真可惜，不過每次從置物櫃拿出來的時候，我還是會覺得包裝袋右下方是「Fe」。

平常就疑似不會區分妄想與現實的我，到了夏天更是嚴重，邊這樣想邊思考最近的種種錯覺。但，這種想法未必行不通。我一直很想養非洲灰鸚鵡這種很會說話的鳥，可是沒時間照顧、沒有飼養的場所，也不懂怎麼養，完全摸不著頭緒。我想要養大概還得再等十年吧。既然如此，那就養在腦裡吧。名字我也取好了。那就試著養到八月三十一號吧，養在米粉與鐵質的幻覺世界裡。這樣也不錯嘛，嗯，我想我是熱昏頭了。

苦瓜臉新秀

今早照常和同事在員工餐廳看晨間八卦節目，正預告到要播出「WASAO」（わさお）的內容時，上班時間也到了，只好心不甘情不願地離開。

WASAO在日本是家喻戶曉的明星犬，或許不需要特別說明，牠來自青森縣的鰺澤町，是一隻長滿蓬鬆白毛的秋田犬。因為「毛多茂密（わさわさ，WASAWASA）」的憨傻模樣，被取名為WASAO。看起來像小獅子的WASAO以醜萌形象擄獲人心，但我喜歡牠的理由是，「像人一樣」。我甚至覺得牠是小朋友扮成的機器人。

因為「像人一樣」而喜歡動物的人應該不少，雖然我只知道一位。好幾年前，某社的S編輯發現自己很喜歡貓熊，理由就是覺得裡面好像有人，我也深表認同。

於是我傳了自己認為裡面有人在操作的大白熊犬、長得活像阿公的英國古代牧羊犬的圖片連結給S編輯。

不過，為什麼我會對像人一樣的動物、會說話的鳥感興趣呢？既然如此，對人有興趣不就好了，人到處都有啊，心裡不禁對自己的古怪行徑不爽。仔細想想自己為何會這樣，大概是在處於厭倦與人相處又感到寂寞的狀態下，去查了「像人一樣的動物」或是「聰明的動物」。不，就算在不感到空虛的清醒狀態下，看到從建築物裡走出來遊行的企鵝，我也曾覺得「太聰明了吧！」，興奮到追著牠們跑。企鵝應該有被我嚇到吧。

其實，這篇文章原本的主旨是「以前用『聰明的動物』這個關鍵字上網搜尋，結果出現很多篇『最愚蠢的動物＝人類』的文章。明明是想寫『聰明的動物』，反而都在扯自己的事，未免太自戀，人類就是這樣顧人怨」。但，為求謹慎，我又重新查了一次，幾乎沒有出現那樣的文章。這就怪了，難道我是在做夢？討厭人類到這種程度，還瞎掰一通，我彷彿發現了內心的黑暗面。

不過，重新搜尋還是有新收穫。當我心情沉重地瀏覽「聰明動物」的網頁時，看到了十九世紀在南非擔任鐵路信號員的天才大狒狒（Chacma baboon）「傑克」的文章。大狒狒傑克的飼主是信號員，因為意外失去雙腿，有人看到牠用輪椅推飼主到市場。牠還會幫忙打掃、提水，用手推車將飼主從候車室移到信號操作室，最後甚至學會自己操作信號機的操作桿。傑克，你真是太神奇了！愈看牠的照片愈覺得那張臉似曾相識，憂鬱小生的苦瓜臉，今夏最後竄起的新秀。

小學生與選舉

選舉過程中會發生各式各樣的狀況，但把二十一歲的女性誤認為小朋友，不發選票給她；以及把十一歲的小女生錯當成大人讓她投票，這兩件事，如今想來還真是妙。十歲的差異，竟是如此鮮明奇妙的對比。對「二十一歲」的女性來說，想必很困擾，覺得很歪腰。對「十一歲」的小女生而言卻有點搞笑。這個小女生拿到票也沒拒絕吔，腦中瞬間閃過這個念頭，但我馬上想到，也許她是想投一次票看看。

說起人生中很想投票的時期，肯定是小學。一年級到三年級那段期間，每天都要走很長一段路去鄉下的小學上課。提到選舉就想到，放學路上總會看到貼了好幾張選舉海報的公布欄。空白方格內貼著傳單，上頭印了長相說特別也不特別、感覺很普通的阿北、阿桑。我和朋友每天回家都目不轉睛地盯著看。如果空白格貼滿海報，總覺得很熱鬧、令人開心，要是愈來愈少便會很落寞。看到貼滿海報時，那股莫名的雀躍感是怎麼一回事？現在想來覺得很空虛。

真是奇怪，明明不關我們的事，選舉海報的公布欄在路上卻如此顯眼，我和朋友各自念出那些阿北、阿桑的名字，討論起誰給人的印象比較好。然後，為了自己無法投票而氣憤，說著「如果是我，就會投給某某某！」，像這樣發牢騷。當然，小學生不可能聊到關於政見的事。當時選舉宣言（manifesto）之類的文宣也不普遍。只是，當時的情景以聲音或影像的方式在腦中留下鮮明印象。或許是曾經逐一念出候選人的名字，至今我仍清楚記得某人的名字。也有朋友這麼說過，昨天我說這個人不行，可是後來想了想，非選這個人不可。朋友究竟是想到什麼改變了想法，這是永遠的謎。

投票日當天，我看到像是小學生的女孩站在投票所的小學前，念出海報上候選人名字漢字旁的拼音，隱約想起那樣的往事。看來不管過去或現在，小孩子對選舉都很感興趣呢！

於是我有了這樣的念頭，上網去搜尋唯一記得的那位候選人。沒想到，她已經過世了，得知這件事我也很驚訝。她似乎是個大人物，受到許多人尊敬，網路上是這樣寫的。曾經說「可是後來想了想」的那位朋友，說過會選她。朋友是有感受到她的意志嗎？原來她的名字是這樣寫的啊，那時我們都猜錯了[1]。頓時有種想哭的感覺。

1. 作者這麼說是因為，日本人的名字未必都有漢字（國字），有時只會用假名標示。

中央分隔島的鈴蟲

我家附近蓋沒多久的中央分隔島，居然傳出鈴蟲叫聲。灌木叢茂密的中央分隔島是人工蓋出來的，照理說不會有人把鈴蟲放到那兒，聽到有鈴蟲在叫，真的很奇怪。如果是蟬，牠們會叫得像在大喊齊步走，要不就是倒在路上大吵大鬧，強烈宣示自己的存在。相較之下，鈴蟲幾乎不現身，叫聲也低調，聽起來很悅耳。真是謙虛的昆蟲啊。不過，看似不起眼的鈴蟲，能在中央分隔島活得好好的，這麼想來，可不能小看牠們。

那麼，鈴蟲到底是從哪兒來的？國中時和我一起補習的朋友S從東京回來，離開車站的回家路上，我把這個疑問告訴她，「上網查不就好了」她這麼回道。想想已經好久沒見到S了。我們以前上的補習班是在那座中央分隔島的馬路附近，當時的確沒聽過鈴蟲叫聲。我想，或許是離開老家外出旅行的鈴蟲，發現中央分隔島後，覺得「唉唷，這兒住起來不錯喔！」，於是發出叫聲通知同伴。聽了我的想法，S卻說「其實是住那邊的人，家裡院子的鈴蟲擴大地盤而已。」住那邊的人，家裡哪來的院子，乾脆說是屋簷下盆栽裡的鈴蟲，大舉入侵中央分隔島，聽起來還比較拉風。「沒錯啊。」S理所當然似地點點頭。「所以，原本就在那兒的資深鈴蟲才會發出叫聲，警告之後才跑來的鈴蟲，快滾！這是我們的地盤。」於是，在走回S家之前，我們針對鈴蟲持續著互不相讓的激辯。分開後，獨自走在回家路上的我心想，S和國中的時候一樣沒什麼變呢。她非常會念書，考上好的高中、大學，進入知名企業，就像置身兩百層大樓最頂樓的社會菁英。但她還是老樣子，和在大阪的陰暗角落寒酸度日的我，聊蠢事聊得很起勁，我覺得很開心。

後來，我把這件事告訴我媽，她完全忽視我與S美好的少女時代回憶，斬釘截鐵地說「那些鈴蟲在中央分隔島運來之前，早就住在樹上了啦！」、「這就和我們搬家的時候，家裡的蟑螂也會一起搬走一樣嘛。」接著她開始長篇大論起人世的無常。

沒想到，我身邊的人對於鈴蟲是打哪兒來還挺有意見的。我聽從S的建議，上網查了一下，可是找不到答案。或許是想著再問問看別人，我沒再繼續查下去。最近天氣漸漸轉涼了。鈴蟲會叫到什麼時候呢？這陣子我總是走中央分隔島附近的路回家。

個人歲時記

1.

我經常會想，都已經過了二十歲，我還是很不成熟。理由很明確，因為就算是冬天，進到咖啡廳我一定先點冷飲。即使嘟囔著好冷好冷，一進店裡覺得會變暖和，馬上就點冷飲，讓身體由內而外涼下來。甚至在自動販賣機買飲料時也是如此。總之，對於吃喝下肚的東西是否會影響體內的溫度這件事，我完全不在乎。

好蠢啊我，每晚寫稿喝著紅茶時總會這麼想。隨著天氣變冷，那樣的感觸也日益加深。我就是愛喝冷飲，二十五歲前一直過著毫無季節感的生活。那段期間增長了見聞，了解到許多事，自以為已經懂得夠多了，怎麼那麼蠢！生存的訣竅永無止盡。明白這個道理後，不再隨便讓身體變冷，使我覺得自己終於長大了。

那股念頭日益高漲，最近我愈來愈在意歲時記。即使沒在吟詠俳句，還是會邊碎念「菖蒲酒？」邊上網搜尋。與其說因而了解日本人生活的多樣性，應該說更加明白日本人每天都做哪些事度日。天天只往返公司與家裡的我，不奢望自己的生活有多少符合歲時記的情況，只是想到啊～原來有這麼多事可做，不由得雀躍不已。

於是，我想到「所有行動都遵照歲時記過活的人」。例如，某人在夏天「到釣烏賊船工作，接著返鄉探親，晚上去看夜間棒球賽」。然後「睡覺著涼仍不忘寫暑期問候信，在川床[2]邊吃料理邊看煙火」。盡量不用自己的話描述某人的舉動，只用歲時記裡的詞彙書寫。這樣寫文章還真難，而且有這個必要嗎？（話說回來，我的小說本來就是寫些怪事）不過，有機會我還是想試試看。應該會是很脫俗卻令人看到翻白眼的內容吧。順帶一提，釣烏賊船、返鄉探親、夜間棒球賽、睡覺著涼、暑期問候信、川床、煙火都是季語。撇開釣烏賊船不談，其他都是很常見的事，但我有做到的只有睡覺著涼，依然過著無季節感的生活。

1. 彙整俳句使用的季語（表達特定季節的詞彙），加上解說及例句的書籍。
2. 餐廳或茶屋在河上、戶外設置能欣賞河岸風景的露天座位，又稱納涼床，京都、大阪特有的夏日風景。

配合古早人生活方式的歲時記很值得參考，同時我也在找符合現代人生活的歲時記，但還沒找到。沒辦法，那就自己寫寫看吧。嗯，有了！到了九月「忘了要換季還穿著短袖。不知道怎麼穿衣服老是感冒。雖然怕得新型流感，九月還是像夏天一樣，自我安慰別想太多啦。」欸欸，毫無幫助的註釋也太多了吧。硬要說哪裡好，就是提醒要蓋棉被吧。真想問問看其他人的季語。

好像沒朋友？

難聽的話很多，對許多人來說，最狠毒的應該是「你好像沒朋友」。

這句話像是在說「你好像交不到朋友」，有種攻擊對方人格的感覺，殺傷力是笨蛋、醜八怪無法比擬。笨蛋或醜八怪也許只是暫時，以後說不定會變聰明，或是在某方面表現傑出。長相則可以靠化妝修飾，就算不化妝，也可能「情人眼裡出西施」，或是個性、風格能夠有所補足。但，「你好像沒朋友」的貶抑範圍很廣。未表明的理由暗示著各種可能性，否定了對方。好比說，老是自顧自地說自己的事，令旁人極度不悅，偏偏本身也沒其他優點。不過，那句話隱約有種模糊廣泛、延伸深遠的感覺。比起作用力短暫的笨蛋、醜八怪，「你好像沒朋友」帶著永遠否定對方人生的含意。

換句話說，就算是笨蛋、醜八怪、沒才能、很窮、人生經驗貧乏，只要身邊有益友還是過得下去。反之，聰明、才貌兼備又有錢、人生經驗豐富的人，假如沒朋友，比起前者的從容悠哉，他們會是什麼下場？會變成怎樣的人？想想似乎頗嚴重。

更複雜的是，「你好像朋友很多」這句話，字面上看來是羨慕、讚許的口吻，背後卻有種嘲笑對方人際關係膚淺的批判意味。用「朋友」當作評斷指標，實在要不得。

那句話好似炸彈，相當棘手。儘管態度如此消極，我還是很在意，因為我也常在思考「好像沒朋友」的意思，感覺多少可以理解。其實這也沒什麼，為何我沒再繼續想下去？最近自己也覺得不可思議。

我想，說別人「你好像沒朋友」的人，心裡其實很畏懼「沒朋友的孤獨」。說不定就是那樣的心情，使他們說出「你好像沒朋友」這種惡毒的話。「沒朋友的孤獨」讓酸人的一方與被酸的一方產生聯繫。到頭來，兩者其實一樣孤獨。

所以說，兩者究竟有何差異？這麼說好了，區分的標準與其說是「有／沒有」朋友，應該是說，是否有坦然面對沒朋友這件事的堅強意志力。人際關係也得靠運氣。有好的朋友、家人或另一半，儘管需要本身的努力，運氣的影響成分也很大。用那樣曖昧的事來定義某人狀態的好壞，瞧不起狀態不好的人，這是很傲慢的心態。

不過，我看起來「好像沒朋友」嗎？因為害怕知道結果，我沒勇氣去確認。

多樣化的肯定

有些工蜂也會產卵，最近常看到這樣的新聞報導。據說是因為把傳宗接代的任務只交給蜂后，產下的後代基因都相同，為了適應環境變化，出現了少數產卵的工蜂。於是，工蜂暫停原本的工作，專心產卵。

太妙了！我原以為蜜蜂的社會只有兩種雌蜂，沒想到還有第三種。不過，我這次要寫的不是蜜蜂的社會，而是捷克名模阿萊納塞雷多娃（Alena Seredova）。讀了關於蜜蜂的報導，總算覺得有靈感了，但我也不確定寫不寫得出東西。

阿萊納塞是義甲（Lega Serie A，義大利足球甲級聯賽）尤文圖斯足球俱樂部（Juventus Football Club）門將布馮（Gianluigi "Gigi" Buffon）的未婚妻。（現在則是前妻了。）想知道她是怎樣的人，請上網輸入「Alena Seredova」搜圖。尤其是不爽我每次都在查些無聊瑣事的各位仁兄，務必上網查一查，麻煩了！

……水喔，對吧？我想寫她的理由除了那完美的身材，更是因為她那番關於結婚生子的言論。好幾個月前，懷著第二胎、處於人生幸福巔峰的她，被問到何時舉行婚禮時是這麼說的：「我想在最完美的狀態下舉行婚禮。所以，我打算生完孩子、結束哺乳後，調整好體態再舉行。否則辦婚禮就沒意義了！」

這人未免太積極了吧！向來消極的我很難表達內心的激動，但我真心想給她一個讚。美麗性感又堅強，如果是阿萊納塞，一定能養出很棒的孩子。她的正面堅強讓人覺得，她的基因肯定很強大，這可不是挖苦喔。

所以，算了吧！這世上什麼人都有，看開點！各位可能看得一頭霧水，舉個具體的例子，假如被問到「為什麼不結婚？」、「為什麼不生孩子？」，只要秀出阿萊納塞的照片，告訴對方「我敗給她了」像這樣回答的話，就能避開那些無意義的提問，說不定啦。

為什麼我會從蜜蜂的事聯想到阿萊納塞。合理一點的說法是，反正世上還有這樣的人，我做我自己就好了。與其說感到放心，更像是覺得奇妙。平平是女人，別人做得到，我也得做到，彷彿從這樣的觀念徹底解放。做得到的人就是做得到，做不到的人盡力就好，感覺自己好像主持運動大賽評論會的人。彷彿突破了「生產機器」、「熟女拉警報」的阻礙，內心非常平靜。

難以判斷的氣溫

就快變天了，但也不是冷到會皮皮剉的程度。所幸，比起潮濕梅雨季後緊接而來的酷暑，天氣轉冷是慢慢來的。說到熱，只能邊嚷嚷好熱、好～熱、熱死了，邊找遮陽的地方，沒有冷氣就沒輒。如果是冷，穿厚一點就好，相當省事。

不過，慢慢來的寒意，那種「慢慢」的狀態，讓人搞不懂怎麼穿衣服，總是手忙腳亂。出生至今這些年來，早上確認氣溫後，能夠正確判斷該穿什麼的日子，大概只有四成左右。如果是36℃或 5℃這樣極端的氣溫，我還應付得了，假如是25℃或18℃，那我真的摸不著頭緒。幾年前我曾經想到，對了，用空調的溫度來判斷就好啦！夏天的話，如果室溫是25℃，在室內穿短袖就可以了。可是，十月的25℃，穿短袖外出應該會冷吧，想到就沒力。

基本上，就算看別人穿了什麼，我也判斷不了。況且，只有搭電車才有機會仔細觀察路人，偏偏大家的穿著千奇百怪。即便是夏天，因為公司的空調太冷，多數女性會穿七分袖的衣服，男性甚至是整套西裝。到了初秋，有些女生還會穿迷你裙，今年我又沒買到開襟外套，只好在十月上旬穿薄大衣。記得中小學時，還被規定夏季與冬季的衣服要怎麼穿，看來那樣的時代已成過去。想想，人何苦為難自己。在半強迫狀態下，遵從社會標準著裝的成年男性，炎炎夏日不顧高溫仍穿著西裝，未免太奇怪。不，也許他們在夏天還是想穿長袖也說不定。

儘管如此，我還是會從一般路人的穿著去推敲，有樣學樣地做適合微涼天氣的打扮。但，公司的業務老喊著好熱好熱進公司。溫度感受比較極端的人，一年當中大概有三分之二的日子都覺得熱吧。有時也會遇到下雨，不只是「有點冷」的天氣。

那就自己量氣溫吧！對了，這在小學好像很早就學到了。懂了不少國字，也認識全國各縣市，還會四則運算，對氣溫與服裝卻一知半解，現在想來真慚愧。

於是，我上網查了一下，馬上就查到了。根據查到的資料，25℃之前穿長袖、20℃之前加外套、15℃之前穿毛衣、11℃以下穿大衣，更冷的話，自己隨意添加衣物。哦！頓時豁然開朗。接著，我又查了最高氣溫與最低氣溫，前者是指上午九點到下午六點的預估氣溫，後者是上午零點到上午九點的預估氣溫。

沒話聊就扯天氣，話雖如此，現在已經可以透過社群網站即時轉播颱風動態，天氣其實很深奧。然後，我試著說服自己現在還不遲，明天去買開襟外套吧。

成熟與整理之歌

九月第一次去了IKEA之後，不到一個月我又去了一次。都開多久了，現在才去也要拿來說。兩次去的並不是同一家IKEA，第一次去的是大阪市大正區的分店，第二次去的是神戶的分店。

令我驚訝的是，雖然兩家分店相距遙遠，內部構造幾乎相同。進門後左側有一座斜斜的樓梯通往二樓的商品展示區，右側是瑞典美食區，兩家店都如此。逛神戶那家店時，我數度脫口說出「這裡好像大正那家店喔！」這種蠢話。第一次去買了被套，第二次買了鐵盒餅乾。至於朋友，只在餐廳吃了蛋糕而已。說到IKEA，最常想到的就是收納用品，但我和朋友對於整理東西毫無概念。

不過，我倒學會了《IKEA收納問題整理操》這首歌。第一次自己去的那天，因為是連假中的平日，空盪盪的餐廳裡一直播放這首歌。配合南洋曲風的節奏，像是IKEA店員的人們用不太整齊的動作，悠哉跳著體操般的舞蹈。「這是媽媽的，這是我的」、「需要、不需要～」，我對這幾句歌詞莫名地印象深刻。其實歌詞唱的就是整理訣竅，像是把需要的東西和收藏品分開、以使用頻率做分類等，其中有句歌詞相當阿莎力，「傷腦筋的～話，丟～掉」，還重複了兩次。

覺得傷腦筋就丟掉。不是教人先放在暫時保管的箱子，等三個月後重新確認是否要留，像這樣耍小聰明的手段，而是覺得傷腦筋就馬上丟掉。不太會丟東西的我被這句歌詞點醒，趕緊邊唱歌邊拿起垃圾袋在屋內巡視。約莫三十分鐘後，原本空無一物的垃圾袋裝得滿滿的。以前一個個拿在手中，心想這或許還用得到的情景宛如做夢。我被歌曲催眠了。

邊整理邊唱歌。這麼說來，幼兒園時，為了讓小朋友整理東西，老師都會彈風琴讓小朋友唱《整理歌》。那首歌我現在還會唱。「快來整理～快來整理～快點整理乾淨～」，我和其他小朋友就這樣邊唱簡單的歌詞，邊把繪本放回書架、把玩具收進玩具箱，死命地整理。除了因為老師的緊迫盯人，我想也是因為當下進入了「整理模式」的氣氛。上網查了一下《整理歌》，NHK的音樂節目《大家來唱歌》有教，還有讓小朋友藉由唱歌學習整理的地方。

欸，我是小朋友嗎？頓時覺得很囧。不過，「傷腦筋的～話，丟～掉」的確是成熟大人的作風。以苦澀心情哼唱的《IKEA收納問題整理操》是專屬於優秀大人的《整理歌》。對了，有興趣的人可以上YouTube[1]去看影片。

1. https://www.youtube.com/watch?v=V7lv1CAoTt4

高不可攀的葉子

又到了對賞楓愛恨交加卻無從宣洩的季節。說到賞櫻，我會無條件高舉雙手說讚吔！對賞楓的感受卻很複雜。不，其實賞楓很棒，但對我來說是高不可攀的花，啊那不是花，啊哈哈，只能像這樣卑微耍冷地打退堂鼓。簡直就像是明知道女生不把自己看在眼裡，還默默暗戀對方、沒有自信的國中男生一樣。

我覺得賞楓是很難的事。櫻花樹就算不是著名景點也有種，相較之下，葉子紅通通的楓樹就很少見。這麼說來，以前我在小學校園、住過的社區兒童公園都看過櫻花，但在小學或公園之類的場所，還真沒見過楓樹。大概要在有錢人家的院子才會稍微瞥到。不過，還有銀杏樹和其他樹木，只要葉子變得枯黃還是很有情調，不是楓樹也沒差。這樣說也沒錯，我也不想唱反調，但在世俗的認知，秋天還是要看宛如紅花的楓葉。入口網站的秋遊導覽也是如此，基本上是以有沒有楓樹為評分標準。所以，看到「御堂筋[1]有九百七十棵銀杏，是不錯的景點」，雖然當下覺得讚喔！難免還是會想，秋天就是要賞楓，那才是最美的「楓」景。

賞楓曾經在我心中造成創傷。那是前年去東福寺發生的事。之前梅雨季去過那兒覺得很棒，想到那些綠葉變紅肯定超美，心裡非常興奮！於是我向公司請了平日中午的特休，興高采烈與朋友一同前往。雖然可以想像那裡六日人會很多，後來深刻體驗到自己有多天真。我從不知道就算平日也會有人潮暴滿的地方，人真的多到爆。大夥兒鬧哄哄地走向通天橋[2]，鬧哄哄地停在橋上，鬧哄哄地拿出手機拍橋下溪谷間的楓葉。有些人也被當成景色入鏡。大家全擠在橋上拍照，人龍幾乎沒在移動。從橋的欄杆冒出來的不是頭，都是手。我來這兒是要看楓葉，不是看一堆人的手，原本覺得想哭，漸漸轉為不爽，故意趁別人拍照時亂入。真差勁啊我。而且還咒罵別人「那麼想看楓葉，不會去加拿大楓糖漿公司簽約的楓樹林看個夠」，真幼稚啊我。這是我使壞的最大極限了。自從那次，我總算明白楓葉是多麼難得的景色。

果然，不是只有我喜歡那女生，好比大夢初醒的國中男生，我實在太無知了。此後，我對賞楓始終抱持觀望態度。一直以為「紅葉（momiji[3]）」是指葉子變成橙色、紅色或黃色的現象，原來是楓樹當中的「日本紅楓」，分那麼細有夠機車。不過，查了之後又開始覺得楓葉真漂亮，但我好像沒辦法請特休了。

---

1. 大阪市一條南北向的幹道，北通梅田，南接難波。在御堂筋中段（中央區）附近分別有俗稱「北御堂」的津村別院及「南御堂」的難波別院，這是路名「御堂筋」的由來。
2. 架設在東福寺佛殿至開山堂之間的溪谷洗玉澗上的橋廊。
3. 紅葉在日文有兩種念法，一是「こうよう（kōyō）」指的是落葉前，樹葉變色的現象。二是「もみじ（momiji）」，這時多是指楓屬樹木。

苦惱的實況

近期電視固定播出的影片中，「FRISK薄荷糖」的廣告總讓我看得目不轉睛，緊張到手心冒汗。上次看到的是這樣的內容，形形色色的外國人在各種不同情況下苦思靈感。

好像常在星期天晚上看到。廣告裡的人苦悶地雙手抱頭，或是把紙揉成一團、折斷鉛筆頭。啊啊，這個人、這個人，還有那個人都很苦惱。他們到底在煩什麼，我聚精會神地看著，廣告已經播了一半以上，其中一人面露「太好了！」的神情跑過走廊。靈感的誕生，真不容易。的確如此！我懂我懂，然後想到自己的稿子毫無進展，心情變得很沉重。那個一臉開心跑過走廊的男人究竟想到什麼，能不能分一點靈感給我，腦子裡淨想著這些無聊事，乾脆去睡吧。偏偏又睡不太著，只好亂轉電視頻道，渾身充滿無力感，恍恍惚惚看著電視。當然，寫稿的工作還是丟著沒做。星期天就這樣結束了，稿子又得拖到平日寫。

我的懶散實在不值一提，但「FRISK薄荷糖」的廣告短歸短，對於苦思靈感的描寫倒是很生動。我想，我應該也很希望遇到「苦思題材的人」。別人的煩惱，只要問周遭的人多少都能問到，上網查更是多到數不清。唯獨「靈感」這件事，能具體得知的管道有限。

「想到別人也為了相同的悲傷而痛苦，心裡的傷就算無法治癒，至少會比較輕鬆」，我想起了莎士比亞的這句名言。我的手機待機畫面是名人語錄，這是在那兒看到的。沒有靈感的狀態和悲傷不太一樣，但想到「缺乏才能（或沒有才能）」那無能為力的狀態，確實很悲傷。就像和無藥可救的自己單挑，從某種意義來說，與其說是人際關係的問題，更像是被周遭孤立。

如果可以，真希望廣告商把那廣告剪輯成一小時版。這樣我就能錄下來，寫稿的時候一直播放。怎麼不是找專業演員拍啊，我沒這麼挑剔。現實生活中的人們因為想不到題材大傷腦筋，在網路上互吐苦水的社群好像也不錯（可能真的有喔），有時不得不上線，看完下線後恐怕很難專心寫稿。

那麼，把為了想靈感搞到筋疲力盡的人，全部集合在像考場的地方一起工作如何？當然，工作中禁止閒聊。這麼一來，就算工作結束，這群人應該也培養出革命情感了吧。為了不去嫉妒比自己先想到靈感的人，是該有人出面辦一下這樣的活動。

獨特的防衛系統

接下來各位會看到很噁的內容，還請多多見諒。

最近，我一直在想關於鼻毛的事。這兩個月來，老覺得鼻子裡癢癢的。一天當中有好幾次我會想，鼻子裡長滿鼻毛，已經到了飽和狀態。然後急忙照鏡子，雖然鼻毛沒有外露，就是覺得癢癢的，日復一日上演著這樣的劇碼。

但我還是很在意，於是硬著頭皮用拔毛夾拔。確實拔到滿長的鼻毛，外露的情形也有一兩次，長滿鼻毛的感覺應該錯不了。不過，拔鼻毛是需要勇氣的行為。拔的瞬間，令人想起小學時打預防針的可怕感覺。還是去買鼻毛剪吧，想是這麼想，但那東西並不常用，所以我還在考慮。

是啦，我也不是三天兩頭覺得鼻子裡「長滿」鼻毛。到目前為止，好像都在扯鼻毛變長的事，不過有件事我覺得很奇妙，現在彷彿進入「第二期成長期」。

第一期是二十八歲的時候。偶然看到朋友鼻毛外露（儘管有十年以上的交情，我從沒見過這位朋友鼻毛外露），提醒完對方後，我也開始在意起自己的鼻毛，用拔毛夾拔除快掉的鼻毛。緊盯著鼻子，讓快要外露的鼻毛露出來（微微嘟嘴，按住鼻頭、壓扁鼻子），待鼻毛探出頭，以打鐵趁熱的氣勢迅速拔掉，一再重複這樣的步驟。當時還很得意地告訴比我年輕的編輯，「二十八歲是鼻毛外露的年紀」，對方聽了露出你在說啥的表情。

三年後的現在，我又在扯鼻毛的事了。比起當時似乎變得更嚴重，又長滿啦，有時我會像這樣陷入沉思，明明拔得很勤啊。

難不成鼻毛是以三年為周期在生長嗎？假設是這樣好了，我興奮地用「鼻毛變長的速度」上網搜尋，卻只找到「空氣髒的地方，鼻毛長得快」，這種大家都知道的事實，忍不住小失望。空氣髒的地方，我都在那樣的地方活動啊！住在空氣髒的地方，搭乘空氣髒的電車上下班，在空氣髒的公司工作。空氣乾淨是怎麼一回事，我早就想不起來。

髒空氣是都市的產物，這麼說來，我也算是都市人囉。稍微寬心後又想到，人體構造真是精妙，覺得有些感動。當周遭的髒空氣讓身體不適時就會自動長毛，要研發這樣的系統得花多少錢。裝濾網或許就能解決問題，對我來說則是「長毛」。說到這兒，耳毛又是長來幹嘛的？

被壽喜燒追趕

日本有個叫做《冒泡了，煮滾了》（あぶくたった　にえたった）的唱遊。基本上就像在玩《籠中鳥》[1.]那樣，大家手拉手圍成圈，圍住當「鬼」的人，邊唱：「冒～泡了，煮～滾了，煮得怎麼樣啦～」，然後湊上前邊說「嚼啊嚼」，邊抓亂「鬼」的頭髮。過程中重複好幾次「還沒煮好」，等到說出「煮好了」這句話，圍住「鬼」的人通通假裝睡著。接著散開，「鬼」先站在遠處，做出咚咚咚的敲打動作。其他人問「這是什麼聲音？」、「鬼」回答「是風聲」。重複幾次這樣的一問一答後，「鬼」冷不防地說「是鬼來了！」，並且開始追逐嚇到四處逃竄的其他人。

以前我非常喜歡玩這個遊戲。因為圍著「鬼」繞圈圈時，那句「嚼啊嚼」的動作讓我覺得好像在模仿吃壽喜燒。這麼說來，「鬼」的頭髮和蒟蒻絲很像。小時候愛吃壽喜燒的我，總是把遊戲的前半段當成「假裝吃壽喜燒」來玩。再加上喜歡玩捉迷藏，這個「壽喜燒＋捉迷藏」的遊戲，對我來說簡直太讚了。

不過，長大後我發現「冒泡了」這遊戲吃的不是蒟蒻絲，應該是「鬼」或是其他人？心中抱著這樣的疑問，直到最近才放下。因為我不想知道真相。我相信自己假裝在吃的是壽喜燒的蒟蒻絲。可是，想到文章裡有提到《籠中鳥》，所以我還是上網查了。果然，雖然不是百分之百肯定，「吃的不是『鬼』吧？」，陸續看到這樣的解釋，我的美夢破滅了。

除了《冒泡了，煮滾了》，小時候玩遊戲唱的歌或是兒歌，很多都是悲傷的內容。雖然大概知道，我還是重新查了一下，儘管真實性無法判斷，據說《籠中鳥》是暗喻遊女的流產、《花一匁》[2]唱的是人口販賣、《蝴蝶》（ちょうちょう）是與父親外遇有關的歌，看到那

1. かごめかごめ。日本的唱遊童謠。玩遊戲時，一個孩子負責當「鬼」，矇住眼睛蹲在中間，其他孩子圍成圓圈，邊轉圈邊唱著這首歌。唱完時，「鬼」如果能猜到他背後的人是誰，被猜中的人要接替「鬼」的位置。

2. 《花一匁》（花いちもんめ）古代貧苦人家為了貼補家計只好賣掉孩子。「花」是指小孩（特別是女孩），「一匁」是在當時是相當低的貨幣單位，暗指小孩不值錢。

些歌詞的解釋，我忍不住想拍桌大罵，把我天真無邪的童年還來！就算不知道那些隱含的意思，紅鞋子的女孩被外國人拐走[3.]、姊姊十五歲出嫁後就斷了音訊[4.]，光想就覺得心酸了。以前的大人都是用怎樣的心情聽孩子唱這些歌呢？想到那個艱苦的年代，聽《搖滾骷髏人》（ホネホネ・ロック）長大的我還真是無憂無慮。

有時我會覺得現代的歌曲過於鋪陳細節，讓人聽不懂到底在唱什麼。不過，這也不是壞事。歌曲內容不再著重於大眾認知的不幸或殘酷，而是抒發個人情感，這是很幸福的事。

所以，我決定把《冒泡了，煮滾了》繼續當成壽喜燒的歌。來捉我的是牛，可能是神戶牛，我心甘情願被牠追著跑。

3. 日本童謠《紅鞋子》（赤い靴）的歌詞。
4. 日本童謠《紅蜻蜓》（赤とんぼ）的歌詞。

馬爾濟斯的真面目

最近這半年，我一直在想關於「馬爾濟斯起司股分有限公司」這件事。雖然不確定這家公司是否存在，我心裡認為有和沒有各占五成。偶爾恍神時會想到，說不定真的有喔，自顧自地懷疑起來。

沒錯，「馬爾濟斯」是狗的品種。就是那種身型嬌小、全身長滿白色長毛，額頭綁上蝴蝶結之類的裝飾，就算是公的仍散發阿桑氣息的狗。據說「馬爾濟斯」的由來是因為，原產地位在地中海的馬爾他島（Malta）。小時候我老覺得「馬爾濟斯」這四個字聽起來很含糊。我以為那是「圓形＋起司」[1]的意思，每次聽到或看到「馬爾濟斯」，就會想起某食品公司

1. 日文的馬爾濟斯發音為「マルチーズ」，「マル（maru）」有圓形之意，「チーズ（chi-zu）」則是起司。

名為cheese catch的起司球。不，就算再蠢，那麼愛看動物圖鑑的我當然知道，馬爾濟斯是狗，但心裡總覺得這傢伙肯定是起司業界派來的臥底[2]。不過，我不討厭起司啦。

或許就是那個古怪的想法，如今看到馬爾濟斯，腦中仍會閃過cheese catch起司球的事。看來，馬爾濟斯與起司在我心中已是緊緊相依、無法say goodbye的關係。

於是，我想到最初的那個疑問。不過，光憑「說不定真的有喔！」這樣的想法沒辦法寫成文章，儘管抱持些許的絕望，我還是上網查了一下「馬爾濟斯　起司」。

應該查不到吧，沒想到查到不少。大部分的資料都是「馬爾濟斯犬起司」像這樣名字叫起司的寵物狗文章。也是啦，《麵包超人》裡果醬爺爺的愛犬也叫起司，或許是狗和「起司」的語感相近吧。可是，這樣還不足以寫成文章。

改成「maltese cheese」查查看好了。「maltese」的意思是「馬爾他島的～」。呆望著螢幕，我想反正不會有兩個單字同時出現的資料，查到的連結應該是夾在好幾筆資料當中。我到底在幹嘛，又不是閒著沒事。

結果，居然出現完全相符的資料。這世上果然有「maltese cheese」。以羊乳製成的馬爾他島起司，色白、質地略硬，味道溫醇，據說是這樣。還出現了許多看起來很好吃的圖片。見多識廣的人應該會覺得，這傢伙是怎樣，馬爾他島起司有什麼好驚訝。當然不只如此，我還查到有家叫做「maltese cheese products」的公司，而且在澳洲，雖然不知道是不是股分有限公司。這麼說來，也算是「馬爾濟斯起司產業」囉。

既然都查到馬爾他島起司了，馬爾濟斯的確是起司業界派來的臥底對吧。讓我產生cheese catch的懷疑長達二十五年以上，埋伏得也夠久了。害我現在超想去馬爾他島，看來馬爾濟斯的詭計似乎是成功了。

2. 日文的「狗」也有臥底、眼線之意，是作者的雙關語梗。

「我的工作醜態」

我很不會下標題。以往和編輯開會聊到小說完成後的事總是很開心，一進入下標題的階段立刻變得無言。最長曾經花了三個月才決定好標題。我的品味很差，總是想到很爛的標題。提再多點子，反而愈來愈奇怪。大概是想太多，想到頭都昏了。那就想簡單一點好了，結果又太誇大，「欸？我是想說這些嗎？」，甚至迷失了原本的方向。

以前我曾向編輯掛保證，提出「這一定會大賣」的標題，那就是「我的工作醜態」。怎樣，不錯吧！原本想這麼說，卻又感受到自己的膚淺，丟臉死了。而且我還沒想到內容該怎麼寫，只是想走負面行銷的路線，實在很擺爛。真不知道我寫不寫得出符合這個標題的綱要。

事實上，工作時的我應該真的很醜。就像做家庭代工的人那樣，冬天的時候打扮得很臃腫。穿著UNIQLO寬鬆的長版開襟外套去上班。早上繃著一張臉，像是鞋底乾掉的泥巴，中午過後卻開始出油。午睡直接趴在桌上，醒來懶得整理，頭髮也是亂糟糟。到了星期三，表情及身體都出現疲態，失去耐性對影印機亂發脾氣，連內心都變得醜陋。除此之外，我沒察覺到的醜態應該數也數不完。

我之所以能如此放心展現醜態，也許是因為同樓層還有一位非常一板一眼的女同事吧。因此，感謝的念頭勝過自嘲，「我的工作醜態」的擺爛感也消失了。

不過，光是這樣寫不成文章，我上網查了一下「我的工作醜態」。還好，沒查到這個標題的文章。查到的資料裡，有一筆引起我的注意，那是菲律賓的神話故事。簡單介紹一下內容，善良誠實又勤勞的少女，每天幫忙父母打理家務，但少女有個煩惱，就是長得醜。為此她受到周遭其他孩子的嘲笑，逃進森林，接受大自然的洗禮，透過唱歌獲得安慰。某天，她又因為長得醜被另一群少女欺負，來到森林的她哭著向神明祈求。於是，憐憫少女的神明將她變成椰子樹。此後，化成椰子樹的少女為世人貢獻資源，得到幸福（摘錄自「熊本聖三一教會」網頁）。

她幸福嗎？當下我不禁懷疑，但這確實也是種幸福。少女跳脫身為人的框架，單純為了「造福」他人而重生。「我想變成椰子樹」這標題不錯喔。可是我覺得自己好像會變成踩到爛泥巴的髒鞋子，這樣究竟是好還是壞，讓我再想一想。

全民皆妖精

我很喜歡閱讀關於妖精的書籍，像是凱薩琳布麗格（Katharine Mary Briggs）的《妖精Who's Who》。想看點什麼又不是多想看時，我就會暫時翻閱這本書。最近正在處理手邊的物品，卯起來狂丟以前的東西，但水木茂大師的《妖精一百物語》我實在無法丟棄。水木大師親筆繪製的精緻插畫，讓我對人魚豐滿的肉體（當然，身上並沒有貝殼遮蔽）留下深刻印象。為了寫這篇文章，沒想太多就翻開那本書來看，結果足足看了三十分鐘，看到出神。

其實我只是愛看妖精故事的圖鑑，對於妖精學或民俗學之類的事不太了解，每次看那類的書我都會想，也許當中有些被誤認為妖精的人類。雖然算不上什麼好例子，記得十年前在京都烏丸車站的月台，看到一群大吵大鬧的小學生，他們根本就是哥布林（goblin，邪惡小矮人）。有個孩子拿走另一個孩子的書包亂甩，其他孩子見狀在旁邊大聲起鬨，實在有夠野蠻。我心想，如果這是霸凌就得制止，觀察一會兒後發現，他們似乎是鬧著玩，所以就隨他們去了。另外，像是今天當我經過大阪梅田某家店門前，有位用力拖著推車，年紀介於阿婆和大嬸之間的女性，突然邊大喊「給我叫店長出來！」邊走進店內。我覺得她也很像某種妖精。這麼說來，之前朋友在電車裡看到一位穿迷彩服、戴墨鏡，邊哈菸邊讀體育報的阿北，突然冒出一句「這樣可是會死人的」這般令人摸不著頭緒的話，搞不好他也是妖精。妖精與死恐怕有著深奧的關連性。愛爾蘭的報喪女妖（banshee）是會化作阿桑或美少女的妖精，據說她會哭號著說，看到她的人或其親人將要死去。此外，「看到就會死」或是「被殺死」的妖精也不少。洗東西的妖精也很多，像是日本的「洗豆妖」就是這種妖怪。

所以，每當遇到讓我覺得「搞什麼啊」的人，我就會胡亂猜想對方說不定是妖精。不過，這麼想，人生就變得快樂許多，不會因為想太多覺得煩。以前的人看到行為舉止反常的人，總會說那是妖精、妖怪，現在想來挺有道理的。我甚至有了大家都是妖精也不錯嘛的想法。不是全民健保，是全民妖精。這麼一來，對那些令人摸不著頭緒的舉動，即便無法理解，或許也能接納。

每次回家路上看到某家甜食店前，排著必須等上數十分鐘的人龍，我總覺得莫名其妙，如今回想起來，那或許也是妖精搞出來的。原以為排隊的是人，其實是一大群妖精。就像磁鐵那樣，一個吸一個。這麼想的話，我稍微釋懷了。

II

脫線的每一天

賞櫻的熱情

寫這篇文章時已是三月的尾聲，時時刻刻都在變暖和，令我焦躁。每天早上出門上班，環視街道，發現共乘電車的人，身上穿得愈來愈少，賞櫻季又快到啦……該怎麼分配春假，滿腦子都在想這些。算算去年到訪過的賞櫻景點，興致勃勃地想，今年要去更多地方才行，同時又有點發懶。

儘管雜事不斷，匆忙中還是順利迎來了賞櫻季。雖然一月發生過的事，感覺就像去年的事一樣，去年四月賞櫻的回憶卻像昨天那般鮮明。去年，為了和移居西班牙的朋友分享櫻花美景，照了許多照片，最後一張也沒寄，這件事令我相當懊惱，心想今年一定要寄出。

每年總拖到櫻花要開了才意識到「櫻花好像開了！」，搞得自己手忙腳亂，所以我決定先把開花資訊寫進手帳，好好計畫一番。每天瀏覽賞櫻資訊的網站，大阪城公園現在的情況如何、毛馬櫻之宮公園現在怎麼樣，平安神宮去年去過了，今年還想再去，最後是仁和寺的御室櫻[1]，沒完沒了地一直想。也得提早通知朋友大阪造幣局的賞櫻步道何時開放，我想去看盛開的櫻花。

賞櫻約莫是兩年前開始的事。我記得很清楚，在那之前我對賞櫻毫無興趣。是有陪別人去看過，當時的確也覺得櫻花滿美的，但特地空出時間自己去賞櫻，倒是從未有過。某次在電視上看到資深演員伊東四朗說，他每天都去賞櫻，這倒引起我的興趣。他之所以看得那麼勤是因為，不知道自己還能再看幾次。

我也是這樣吧！心中不由得暗暗認同，索性趁下班途中晃去看一下。嗯，比想像中來得

1. 仁和寺是由光孝天皇在仁和二年（西元八八六年）下令興建，但完成前光孝天皇已逝世，為紀念其遺願，將寺廟命名為「仁和」。日本歷代天皇退位後，幾乎都皈依佛門，許多皇室子女也進入仁和寺出家，因此仁和寺被稱為「御室御所」，此處栽種的櫻花稱為「御室櫻」。御室櫻除了開花期較晚，更特別的是，一般櫻花只開在枝頭，御室櫻是從頭到尾開滿，且高度略低一般櫻花樹，故京都人以「低花」稱呼御室櫻。日文的「花」與「鼻」發音皆為「HANA（はな）」，「長在鼻前的櫻花」是御室櫻最貼切的形容。另外，因為御室櫻的開花期接近京都地區櫻花開花期的尾聲，故有「京都最後的賞櫻」之稱。

好。要掏錢看的人工美景，處處皆是。相較之下，櫻花只是單純時候到了所以開花。為什麼櫻花樹那樣盛開後，隨即掉光只剩綠葉，真的好奇妙。

愛上賞櫻之前，我非常討厭春天。天氣變得微暖，害我老是打噴嚏，沒來由陷入憂鬱。然而，這幾年對於春天這個季節，雖不到歡迎的程度，卻也開始期待它的到來。除了賞櫻，到了春天，辦公桌上的植栽也慢慢冒出嫩芽。原以為已經枯死了的乾枝，長出小小的葉子，然後漸漸變大。喔，還活著啊！為此而感動，回過神才發現自己一直盯著看。

以前我沒想過自己會為了賞櫻到處趴趴走，也沒想過會養植物。就算沒有生孩子、結婚或升官之類的大事發生，活著的意義其實就隱藏在意想不到之處。

兩年前我根本不會想去賞櫻，跟許多人這麼說的時候，我臉上想必是很開心的表情。擁有新的嗜好真棒。那喚起我對生活的感動，了解到仍有各種美好等著我去發現。

正視春天

天氣很好，只是，賞櫻季結束的春天還有什麼價值嗎？心情從四月初的歡喜雀躍，瞬間變得火大。一直趕不走瞌睡蟲，做什麼事都慢吞吞，少則五分鐘，多至一小時。怎麼睡都覺得睏，老是睡不飽，心想睡久一點好了，寫稿進度就被延誤，為了趕進度又睡不飽，陷入似睡非睡的循環，真是糟透了。

而且，不時感受到的暖意也很煩。正覺得可惡，暖呼呼的！天氣又突然變冷。因為轉暖而改變上班的穿著，結果卻變冷，只好穿上放在公司的外套或襪套。啊，暖呼呼的真舒服。哼，簡直被氣溫耍得團團轉，我這個傻瓜。

我的生活總是在氣溫的高低中搖擺不定。懶得換季，老覺得冷或熱，所以把毛毯、厚一點的棉被、涼被全拖出來，占了房間不少空間。

偶爾覺得太悶熱，就把電風扇開到「弱風」，可是馬上發冷又關掉。然後又變得悶熱，於是腦子昏昏沉沉，寫出奇怪的文章開頭。提不起勁去買衣服，卻得在接受採訪時被拍照，「那個人每次都穿得一樣，好邋遢」，想像別人是不是這樣笑自己，想負面的事倒是腦筋特別靈光，然後心情低落。想到接下來只會愈來愈熱，心情更沮喪。春天，真是個麻煩的季節。想起只要鑽進棉被就萬事ＯＫ的冬天，真令人懷念。但，冬天也已經過了一陣子，過去的季節，已經回不來了。

那麼，沒有櫻花的春天究竟有何價值？再次茫然地思考這個問題。啊，對了，平常午休等紅綠燈路口的那棵路樹，最近看起來變得很綠。說到綠，辦公桌上那盆水耕栽培的觀葉植物，也愈長愈茂盛了。

這段期間，我翻倒垃圾桶、弄丟腳踏車鑰匙、忘記自己買了一堆零食，儘管過著不像樣的生活，水耕栽培的植栽應該算得上是好一點的興趣吧。葉子掉落的枝條再次萌芽。稍不留意，已經長出強韌的根莖與好幾片新葉。前幾天沒注意到的嫩葉，發現的當下真的很開心，那股喜悅感不管經歷幾次都不會膩。當嫩葉出現在眼前，很想叫它「葉子北鼻」的那種歡喜心情。

是啊，因為春天到了啊，望著葉子北鼻，深夜中寫稿的我這麼想著。眼前有植物就會很想替它澆水，在停止生長的冬季，為了怕根部爛掉，盡量少澆水。啊對了，接下來每天都要幫它澆水了，突然間想起這件事。姑且不論我的氣溫感受能力有多差，這樣也不算太糟嘛，自顧自地傻笑起來。我重新想了一下，賞櫻是很好，但看了這麼多粉紅色的花，也該看點綠色的東西了。

上班族是金絲雀？

二〇〇九年五月、第四週的星期一，地下鐵彷彿成了近未來的科幻場景。通勤時段的車站內出現異常的人潮，近九成的人都戴著口罩。我也是其中一人。

基本上，感冒時我沒有戴口罩的習慣，除非咳嗽咳不停，為了不讓喉嚨變乾才會勉強戴。可是，因為喘不過氣而不舒服，馬上就會拿掉。口罩這玩意兒就是和我合不來。車廂內九成的人，臉上都戴著口罩。車內的氣氛比往常來得陰沉。我老早就感到不耐煩，一星期才剛開始，我就想著這種情況到底何時才會結束。

不過，戴口罩的人倒也一天天減少。例如，前排坐了六個人，五月十八日星期一，六個人都戴著口罩，到了星期二變成五個人，星期三變成四個人，星期四變成三個人……這段期間，電視上每天都報導民眾為了買口罩四處奔波，我媽也說她去買口罩的藥妝店一家家接連缺貨。

結帳時，排在最後面的阿婆問店員，口罩的庫存還剩多少？什麼～已經沒了？什麼時候會進？嘮叨地問不停。每天我媽都會像這樣，把這週反覆上演的場景告訴我。然而，通勤電車裡戴口罩的人確實變少了。

我忽然想到，一早就要工作的通勤族，好像口罩市場的金絲雀。與家人同住的話，可以請家人在白天時幫忙買，獨居的人該怎麼辦。

像是早上九點出門上班，下午六點下班的內勤行政人員。以我聽到的資訊，口罩多是白天的時候賣完。這麼一來，下班才能去藥妝店的人，除非公司有人幫忙，或是犧牲午休時間才能買到口罩。就算上網買，未必今天或明天就收得到。然而，得到ＨＩＮＩ新型流感的患者卻時時刻刻在增加（雖然增加的人數只有一、兩人）。

買不到口罩，只好提醒自己多洗手勤漱口，沒口罩可戴，懷著忐忑不安的心搭電車。要是感冒了也沒辦法，想到就鬱悶。這樣的人應該很多吧。

這股口罩大賣的風潮，最先被擊倒的，不正是白天要上班的上班族嗎？所以我覺得他們好像金絲雀。想戴口罩沒得戴的人持續增加，以致於電車裡戴口罩的人持續減少。

「大賣」二字說來簡單，透過這樣的言論洗腦大眾，引發搶購。當中最有趣的話題莫過於，用餐巾紙或衛生棉自製口罩。既然資源有限，我想應該深入探討的不是如何瓜分，而是如何增加。

衰老的身體

我終於去看牙醫了。去年十月，我發現補過的牙齒有洞，但因為每天要處理的事很多，遲遲沒去看牙醫（那是藉口，其實是害怕不敢去），直到五月的連假放完了，我才下定決心去看牙醫，拖了整整兩年。

牙齒上讓我戰戰兢兢的洞，原來是補過的部分缺損，不是蛀牙。「隔這麼久才來看牙齒，我很害怕，請幫我多打一點麻醉。」虧我都想好要這樣說了，不免有些失望。不過，診斷的結果，雖然那個洞不是蛀牙，卻也檢查出其他蛀牙。發現牙齒有洞後，我刷得那麼勤的牙齒不是蛀牙，反而是其他牙齒被蛀了，未免太慘。

除了牙齒的洞，睡不好也一直困擾著我。通常我都是晚上九點睡，半夜一點半左右起床，寫兩個小時的小說，寫到差不多四點半，再睡一會兒。可是，九點很難入睡。這讓我很慌，查了一下，喝牛奶的效果似乎不錯，所以我每天都很認真地喝。感覺好像真的有比較好睡。

我也經常碎念「好累喔」，老覺得腦袋昏昏的，身體很沉重。站起來也常會頭暈。前天，和朋友在京都車站的伊勢丹百貨閒晃，一般來說那是很輕鬆愉快的情況，「啊啊好累喔」我卻這樣說溜嘴，搞得氣氛非常僵。不是啦，因為這星期太累了，不是因為和你逛街覺得累喔，儘管我不斷解釋，少來了！馬上就被朋友戳破。

我心想，這樣下去不行，於是買了如何消除疲勞這樣的書回家看，結果發現我的症狀好像是貧血，覺得有點驚訝。只要感到身體哪裡不對勁，我立刻就會懷疑是生了什麼大病，以前懷疑過大腸癌、阿茲海默症、腦中風等各種疾病，從沒想過自己會貧血。明明這世上貧血的人那麼多，我怎麼都沒想過自己也會有，這點也是很不可思議。

我現在三十一歲了，這個身體也用了三十一年，想想還真能撐啊！換作是房子，過了三十年也差不多該壞了。最近才發覺已經過了那麼長的歲月，實在為時已晚。尤其是牙齒，高三時，四顆臼齒好像都補過了，看起來像是套著金屬。真想痛扁當時的自己，為什麼覺得怪怪的，卻不馬上去看醫生。高中時發現牙齒有洞的我，卻只記得自己在哪兒看到了什麼（在美術社合宿場地的走廊，看到別校女生走進浴室的更衣室）。

前幾天在做其他蛀牙的治療時，上唇的右半部被打了麻醉。就連鼻子附近也變得麻麻的，我用手指輕敲鼻子下方，有種軟趴趴的奇妙觸感。後來漱口時，水從嘴角噴濺出來，搞得狼狽又好笑。想到這付衰老的身軀，想像起年紀更大的人身體的不自由，我好像稍微能夠理解他們的感受了。

房間的歷史

最近我媽常去看房子，似乎有物色到明確的目標。她興致勃勃地說著房子的事，是喔、是喔，我邊聽邊附和，漸漸變得心不在焉。是喔，要換房子啦。我和我媽說要換房子也說了好幾年，有了具體的計畫後，反而無法想像、一頭霧水。愈想愈覺得麻煩，最後我告訴我媽，你喜歡就好了。

自從我媽離婚後，我們就一直住在阿公阿嬤家。兩位老人家都已經不在人世。屋齡十年的房子，問題超乎想像得多。之前發生了令我頗震驚的事，就是一樓的漏雨。雨水似乎是從正上方二樓的陽台流進來。

不光是漏雨，春天還會有貓闖進來，母貓把小貓藏在我家的天花板上。不過，我們倒也很冷靜，只是把木酢或聖誕樹的燈串放到天花板上，試圖趕走牠們，但牠們就是不肯走。

結果，曾有小貓從天花板可拆卸的部分掉下來。可能是我們把聖誕樹的燈串放進去後，那個部分變得不牢固，好奇的小貓靠過來，不小心掉下樓。或許是我們害的，但小貓的運氣也太背了。這小傢伙心情如何，我邊這麼想邊和我媽放走了小貓。

另外像是，屋內大部分的門窗都關不緊，其他「訪客」也不少，搞得家裡像小型的動物園。而且，數位電視的電波很弱，夏熱冬冷。或許是覺得這樣的家很破爛，所以也沒好好對待它。

之前開氣泡水時，瓶蓋下連接的金屬環（轉開瓶蓋後會斷掉的部分），被我一個手滑，掉到瓦斯爐後方。不過，我只瞥了一下掉在哪兒，也沒想辦法去撿。因為它掉得很裡面我看不到，反正都要搬家了，頓時腦中閃過這句話。然後，我就這樣望著瓦斯爐後方好一會兒，心想那個金屬環應該撿不到了。看樣子會一直待在那兒，直到這個家被拆掉。

被拋下、被拆除，再次感受到「居住」這件事的奇妙。阿公阿嬤還在世時，我的房間僅一只櫥櫃，沒有其他東西。小時候到阿公阿嬤家住，總是睡在那間房。睡在阿公身邊，感覺房間非常寬敞。我媽離婚後，帶著我和弟弟回到阿公阿嬤家，我們母子三人就住在我常睡的那間房，現在變成我專屬的房間。

最近我常在房裡發呆，想起以前只是來阿公阿嬤家小住時，氣喘發作的往事。做中藥生意的阿公開藥給我吃，那藥好像有效又好像沒有。想到這個家即將消失，不由得感傷。捨不得消失的，不是被我弄得亂七八糟的房間，而是過去阿公在房間裡幫我看病的回憶。

石切神社

八月初我懷疑自己得了某種病，去了趟醫院接受診療。一大早讓專科醫師看過後，確定沒問題，我總算鬆了口氣。後來我媽也到了醫院，她打算等我看完醫生要去東大阪的石切劍箭神社，於是我們一起去了。雖然有點本末倒置，我反而有種解脫感。

平常我總是滿不在乎地認為，不用長命百歲沒關係，可是想到自己可能得了可怕的病，不禁感到害怕。難道是因為我一直說要去除厄卻沒去的關係，還是說，我得到沒資格得的大獎，這樣才能扯平，想東想西搞得自己很苦惱。終於在假日的早上十點，從那股壓力解脫，像是撐過難熬的時刻，帶著微妙的心情和我媽去造訪石切神社。

去醫院時天氣還很晴朗，沒想到一出石切車站的月台，居然下起雨。雖然有帶傘，我馬上知道這雨勢會很驚人。我問我媽，你知道路嗎？好像知道又不是很清楚，回答得還真含糊，敗給她了，只好跟著前面的人走。

前往神社的參道上聚集了占卜館、神具行、女裝店、餐廳，宛如獨特的商店街。大雨滂沱中，我和我媽步下店面櫛比鱗次的狹窄坡道，內心深感不可思議。還記得我媽說要來石切神社的那一早，我滿腦子想著要去醫院的事，回話回得很敷衍。回過神，此刻我人已在大雨中，踩著濕鞋步下參道。

邊走邊躲雨，朝著神社前進。我媽對石切名產「飛龍頭」[1]很感興趣。聽說阿嬤弟弟的太太、被我和我媽叫做「阿婆」的那位女士，在阿嬤弟弟生病的期間，來石切神社參拜過好幾次，她每次都會買飛龍頭給我們當伴手禮。想到年近八十歲的阿婆數次往返這條陡峭的坡道，那份心意真教人感動。

到了石切神社時，雨勢變得極大。雨水從建築物的屋簷傾瀉而下，宛如瀑布。結束參拜後，我和我媽來到幫人消災解厄的申請處，但距離下一次的儀式還得等兩個小時以上，所以我們去拜了神社內的其他祭壇，然後回家。回程路上雨還在下，我們與前來百次參拜[2]的人擦身而過。下雨天還來喔、真辛苦吔，我們邊說邊步上坡道。過了一會兒，雨停了。

最近我真的搞不懂，長命百歲究竟是不是好事。表現傑出卻活不久的人很多，讓我覺得不用活太久也沒關係。但，想到那些去百次參拜的人，我還是希望我媽和阿婆健健康康、長命百歲。為他人祈福的心意被實現，並且造福其他人，或許世上真有這樣的事。倘若如此，長命百歲也是有意義的。說到底，人終究得努力維持健康，我暗暗地這麼想。

---

1. 豆腐泥混合胡蘿蔔或蓮藕、牛蒡等蔬菜，油炸而成的炸豆腐丸，語源是葡萄語的「filhós」。飛龍頭是關西地區的說法，關東地區稱為「雁元、雁擬（がんもどき）」。
2. 為了實現心願，到某個神社參拜一百次，據說這麼做會增強願力，使願望更容易實現。

排隊的矛盾情結

九月的連假我都在家寫稿。若要說有去哪裡，大概就是為了收集資料，去了大阪灣填海地咲洲的宇宙廣場車站[1]附近。只不過一年沒去，那兒已經蓋了許多建築物，因為在小說裡寫到這樣的內容，於是我帶著寫字夾，邊看從網路列印下來的地圖，邊對照當地的建築物。連假時，邊看電視邊整理那天收集的資料，結果老看到關於塞車的訊息。上網瀏覽，入口網站的頭條也幾乎都是塞車的新聞。

說到車，我想起一件事。前幾天，我和東京來的編輯搭計程車，司機猛向編輯酸言酸語，東京人有夠愛排隊的。才沒那回事，大阪人也很愛排隊，我很想這樣反駁他，於是說了好幾次「可是齁」，說到第五次，總算有機會插話。「○○的□□西點店，每次都排超多人」，因為那裡才剛翻新開幕啊，立刻被司機打槍。

這麼說來，我媽也曾經碎念某家食堂自從上過電視就變得不好吃了。她說，如果是被雜誌採訪倒還好（我媽也是看了雜誌的介紹才去那家店），上過電視就不行了，常客沒辦法再光顧。看了雜誌的介紹，最近才開始去那家店的我媽，有資格說自己是「常客」嗎？算了，這不重要。但我同事常去的店，那兒的老闆也說過類似的話。看了報導一窩蜂跑來的人，害得原本的老顧客沒辦法再來，這樣怎麼行！所以啊，就算雜誌社的人來採訪，我也不讓對方刊登這兒的地址。

希不希望有排隊的人潮，全憑店家的意願，不過我滿常跟身邊的人說，想去排隊看看。想去排隊看看，說穿了，我並不是會排隊的那種人。不願排隊的我，在別人眼中很不合群吧。從宇宙廣場回到家後，我邊整理資料，邊看電視上塞車的報導，心想，真想加入他們。可是，我很沒耐心，馬上就會發火臭罵搞什麼鬼，怎麼塞成這樣！自己都覺得不可思議。

1. 位於大阪市住之江區，隸屬於大阪市交通局的地下鐵車站。宇宙廣場車站是大阪市中量軌道（一般習慣稱為「新電車」，NewTram）所屬的南港港城線沿線車站。

對照宇宙廣場的地圖與當地的情況，這種事和排隊比還差得遠。不管走多久，就是見不到半個人。沿途只見空地上不時矗立高聳巨大的建築物。明明這麼氣派的大廈裡應該有人住，整個地區卻不見半個人影。住在大廈裡的人，大概也去了某個地方排隊吧。接著我前往滿心期待的食品暢貨中心，雖然不確定是不是所有的店都這樣，但面向道路的店家都關門了，內心頗失望。

人總愛成群結隊，我再次陷入深思。不過，進行對照地圖的工作時，儘管風很大、路上也沒人，感覺還不賴。一路上見到的建築物都很壯觀，彷彿進入某個秘境。那些都是人工的產物，想想還真有趣。如果把這種填海地的探險，和同事常去的店搭配成假日限定的套裝行程，有人會報名嗎？嗯，這主意聽起來不錯喔。

咖啡廳與寫作

我的寫作是按時段分類。白天出門上班到回家的這段時間，以手寫的方式寫散文之類的文章，半夜則是用電腦寫小說。傍晚手寫的散文稿也是在半夜謄寫。

自從買了A6大小的電子筆記本「pomera」，在外面也能進行散文稿的謄寫。因此，下了班我很少直接回家。

說是外面，也不是坐在戶外的長椅上寫，而是找間還過得去的咖啡廳，進去裡面寫。此事非同小可。首先，進了咖啡廳必須點飲料，點完飲料就想吃點甜的，而且去咖啡廳前還得先解決晚餐，根本是砸錢買稿子。這樣對身體也不好，搞得我都變胖了。

所以，我把「在電腦前」的場所當成寫小說的固定位置，然後，另外找一個地方，說仔細一點的話，就是把從小學開始用的書桌清空，當成「散文寫作區」。起初還很開心覺得不錯唷！結果很快就閒置在一旁。明明有那麼寬敞的空間，我幹嘛還跑到外面寫。原本打算這本散文要在家裡寫，內心糾結許久後，還是跑到外面寫了。

因為太常在外面寫作，哪家店的椅子比較舒服、客人比較少、比較不會吸到二手菸，這些大致上我都知道。要求還真多。來到燈光美、氣氛佳的咖啡廳，卻問店員「哪個位置比較亮？」，真是抱歉。所幸店員很親切地招呼我。考慮了大半天，總算決定好要坐哪裡，又因為椅子太低，說想換位置，簡直是奧客。

以前看到有人在咖啡廳裡拿出筆電不停敲打鍵盤，總是想不透那些人為何要這樣，現在我懂了。該怎麼說呢，應該是想被限制行動吧，我是這麼想的。也許那些人是覺得，要是獨自待在房間裡，馬上就會想玩任天堂ＤＳ，或是發現鼻子很油而分心，又或是發現怎麼有這本書，然後開始翻閱起三年都沒碰過的書。

家就是那麼自由方便。就算玩《勇者鬥惡龍》（Dragon Quest），或是跑去洗臉，躺下來慢條斯理地寫西班牙語的練習本，也沒人會出言責備。雖然享受各種休閒活動也是工作的理由之一，但不被限制行動就沒辦法工作，想想還真奇怪。

不過，在咖啡廳寫作也有壞處。那就是，很容易被周遭客人說的話影響。聽別人的談話是很棒的娛樂，又能學到很多，只是很難收尾。有時旁邊坐了說話很有趣的人，只好心不甘情不願地戴上耳機，聽著上網下載購買的雨聲。有時會聽到像是高中生的男生說起關於獨角仙繁殖的事，或是姐妹淘互聊照顧老人家的事，或是年輕男人突然對像是女友的女性自爆，「上大學前我從沒用過咖啡奶油球」。

仔細想想，說不定我是為了聽別人談話才去咖啡廳，為了聽陌生人不經意分享的生活片段。其實那是相當難能可貴的體驗不是嗎？

牽強的聖誕節

隨著年齡增長，對於過年漸漸不再感到特別。我不會為了聖誕節提前工作，況且截稿日也不會因此延後。緊接而來的元旦，我會稍作休息，第二天又像平常的假日那樣繼續寫稿。這幾年來一直都是這麼過的。

插個題外話，老實說，我認為一整年的節日裡，最該被重視的日子，應該是過年後全國供奉惠比壽神的神社，為了祈求生意興隆而舉辦的十日戎（とおかえびす）。即便現實，賺大錢是人們真切的願望。就像愈接近十二月二十四日，象徵聖誕節的顏色會占據街頭，我也希望快到一月十日的那段期間，街上到處都能看到惠比壽神。大阪的今宮戎神社不也會在竹枝上掛滿各種裝飾品，那和聖誕樹不是有點像嗎？

再插個題外話。我念高中、大學的時候，新年的三天連假都在打工中度過，我並不排斥在節日工作這件事。雖然不知道為什麼會想到這些，我現在一邊寫稿一邊想著，那些在節日工作的人，以及想工作卻沒得做的人。尤其是後者，想到就覺得鬱悶。

先不管那樣的事實，新年連假終究匆忙地結束了。雖然我還是在寫稿，我去的店裡，店員也都在工作。然而，這世上的某個角落，有些人想工作卻沒得做，一再重播到令人火大的聖誕歌曲，隨處可見的華麗裝飾，就連新年也是如此。

這是有什麼目的？打著過新年的口號，讓人掏錢買東西。買東西勢必需要錢。想要有錢花，基本上就得工作。身處這個無法保障人人有工作的社會，即使面對絢爛華麗的街景，真有辦法笑得出來嗎？應該很難吧。當然，我也知道街上沒有半點過新年的氣氛感覺很糟。

盛裝打扮的那一方，或許也是咬牙苦撐、故作表面的光鮮。倘若真是這樣，何必呢？為何要搞得雙方那麼勉強。就像心裡嘟囔著下巴好痠喔，臉上仍擠出笑容。裝飾華麗的聖誕樹旁，除了擦身而過、匆匆一瞥的路人，只剩下不是真的想看卻拿著手機狂拍的人。

小時候那種期待過聖誕節或新年的心情已經回不去了，想到不免有些落寞。雖然不愛湊熱鬧的我也沒資格說什麼。那就別管新年了，把早就偏離宗教信仰的聖誕節，當成五月五日是專屬小朋友的節日那樣看待，或許就能坦然接受。

腦中突然閃過「無障礙的節日」這句話。大家都不用咬牙苦撐，真心覺得這日子來得真好，真會有那麼一天嗎？快快擺脫「景氣」的詛咒，別再掏錢消費來慶祝節日。

雖然不長進，倒是多了小常識

前幾天，一月二十三日，我度過了可喜可賀的三十二歲。說「可喜可賀」，實在有點勉強。不過，我也已經漸漸習慣邁入三十多歲的年紀。

還認為生日是值得慶祝的年紀時，我對自己三十二歲的想像是，變得更加成熟。無論好壞事都能坦然面對，可能有兩個孩子，做著對社會有益的工作，像這樣做著平凡普通的夢，就像在想別人的事一樣。

如今，三十二歲的我沒有孩子，當然也沒老公，光是自己的事就忙不過來。與其說做著對社會有益的事，比較像是老寫些潑冷水的事，有時連潑冷水都談不上，淨寫些不切實際的無聊瑣事。唯一察覺到的，只有悄悄逼近的衰老。筆壓很弱、肩膀僵硬、睡了七個小時，起床還得花二十秒以上、新陳代謝率下降，身上一堆贅肉、動作也變得很遲鈍。

我也愈來愈搞不懂自己的心理和身體。最近，左手拇指的指尖受了點傷，直到工作時吃到苦頭才發現，原來白天在公司做的事，那麼常用到左手拇指。其中之一就是，把紙摺成三折，我從不知道做這件事是拇指在出力。都做了那麼多年，我卻渾然不知，內心相當錯愕。

雖然懶散，我還是會焦慮，看來應該照大家說的，讓自己好好「放鬆」一下。於是，我在搜索引擎隨意輸入「放鬆」二字，果然找不到相符的資料。這麼說來，新年連假時，大睡一場後，不知道該做什麼好，拿出平常沒在玩的電玩亂玩一通，結果反而搞得很累。判斷力也變差了。這是什麼三十二歲！不，放年假的時候，我應該還是三十一歲。

因此，年假結束回公司上班後，雖然一往如常提不起勁，仍然稍感安心。我還察覺到一件事。「啊～人生繼續這樣下去好嗎？」、「而且還變胖了」、「會愈變愈糟吧」、「然後沒半個人理我」，像這樣滿腦子消極的想法時，就要動手做點事。做著做著讓心情平靜，像是告訴自己，我很鎮定。原來調整脫序的心態得靠每天的工作才行，儘管覺得悲哀卻也鬆了口氣。算了，這樣也沒差。反正今年我也不期待自己會有什麼驚人的成長。

說到三十二歲前那週發生什麼事，只有誤吞洗臉皂泡沫的慘事。「我得到芥川獎已經一年啦～」，像這樣邊和我媽聊天邊洗臉時，不小心吞下泡沫，接著痛苦地想著「叫……叫救護車……」。不禁深深感嘆「現在還太早了……」，再過十年啦。

最後，我沒叫救護車。我硬逼自己吐，搞得喉嚨很痛，後來才知道誤吞肥皂泡沫時，與其硬逼自己吐，其實多喝點水、牛奶或吞生蛋就可以了。

這是我在二〇一〇年學到的第一個小常識。

好鍋子與補習

我家有好幾個一人用的鍋燒烏龍麵鍋。那是兩側有把手的鋁鍋，還有附蓋子。除了鍋燒烏龍麵，涮涮鍋、韓式泡菜鍋、泡麵、豬肉味噌湯、蔬菜燉肉也能一鍋搞定。小巧方便、相當實用。搬家時也會一起帶去吧。

雖然這鍋子超好用，但有道料理，我不會用它煮，那就是粥。我不討厭吃粥，去外面總是吃得很開心。只是，我不會在家煮粥吃。因為國中的時候，媽媽經常煮粥給我吃。晚上很晚從補習班回到家，心想啊～今天也平安到家了，有種說不出的空虛。邊看著不是特別想看的晚間十點連續劇，邊吃著粥。雖然很好吃，但對我來說，在家吃的粥是一種疲勞的滋味。當時的疲勞似乎還留在體內，每次用那鍋子煮東西，總會想起那段往事。就算煮別的東西，總覺得掀開鍋蓋，裡面是裝著雞蛋粥。可見我有多常吃。

邊工作邊寫小說很累吧，經常有人對我這麼說。或許是我看起來很沒精神，讓對方忍不住說出「很累吧」。沒有啦、還好還好、也沒那麼累啦，通常我都像這樣含糊帶過，不知為何腦中總會浮現裝了粥的小鍋。比起以前吃粥的日子，現在好多了，有股衝動想向對方細說往事，最後還是忍住了。

下午四點左右放學回家後，六點半又得為了補習出門，那樣的生活對我來說真是痛苦難耐。補完習回到家已經超過十點。時間受到控制令我厭煩，也很討厭念書。國中時，我認為已將此生該念的書都念完了，之後不會再把心思放在課業上，往後也不打算那麼做。可見國中的時候，念書讓我吃足苦頭，明明成績也沒多好。

回想過去，現在的生活確實令體力有些吃不消，雖然想靠寫小說賺錢的夢想實現了，一成不變的生活卻也令人失望。比起國中那段日子，如今一切受到限制，難免感到空虛。即便如此，聽到別人說「很累吧」，還是很想回對方，我已經沒在家吃粥了。這就好比辛苦跑完馬拉松，覺得自己做得真好，終於擺脫不想再碰的事，那種徹底放鬆的安心感。都已經過了十七年，考上高中後就不用再補習，太棒了！那樣的心情仍殘留心底。

這麼說或許很矛盾，但我在補習班也有愉快的回憶。老師們人都很好，回家時和朋友在路上的自動販賣機前東聊西扯，成了每天的樂趣。也許是因為有老師和朋友的陪伴，讓我撐過那三年回家後又得出門的痛苦生活。

每次用那個雙耳的小鋁鍋，我就會想，即便發生了那麼多事，我還是撐過來了，既然當時都能克服，應該有辦法再撐一下。就算不再煮粥，那鍋子我也會用到它出現破洞為止吧。

暫停的新幹線

前往東京的路，就等於讓人想立刻回家的路，究竟是在第幾次來東京之後，讓我有了這般愚蠢的想法。

回想起來，最近來過東京四次，不是為了在朋友的婚禮上致詞，就是參加自己的頒獎典禮，雖然都是喜事，卻也都令人緊張，怪不得膽小的我會那麼想。不，不光只是這樣。就算是去旅行，想到東京我就會緊張，雖然不知道為什麼。

住在東京西側的人，似乎也和我一樣對東京感到緊張，搭乘新幹線返回西邊的人們（或許也有前往西邊的人，但時間點上，應該是「返回」的人比較多），大家都是一付安心放鬆的模樣。從大阪前往東京的新幹線上，可能是我想太多，不少人都一臉嚴肅。某次從東京回大阪的路上，坐在我旁邊的西裝男，邊說「呼～謝天謝地」邊鬆開領帶，打開罐裝啤酒。他一臉滿足地喝起啤酒，重重地靠向椅背，哈～地嘆了口氣，接著打開柿種米果的袋子。或許是因為去談生意或參加研習很累，讓他一放鬆就說出「謝天謝地」，但那股安心感不正是從東京回大阪才會見到的景象嗎？我覺得他就是這樣的人。

他坐在兩邊都空著的座位上，拿起名產炸雞塊便當，幸福地埋頭猛嗑。腳邊放著裝有知名甜點「東京香蕉」的袋子。看起來像是大學生的他，很有男子氣慨。到了品川站，有位提著伴手禮紙袋的女性上了車，這時候西裝男已經吃完便當，把下酒菜和啤酒擺在摺疊桌上。他伸了伸懶腰，打了個大哈欠，無比放鬆的模樣。然而，就在快到新橫濱的時候，發生了意外。哐啷！發出巨響，啤酒罐掉到地上。想當然，西裝男鄰座的女性很驚慌，趕緊察看腳邊的伴手禮紙袋。不知道搞成怎樣？果然，那位女性出聲問道「還好嗎？」，兩人一起清理地上的啤酒。可是，手邊的面紙用完了，無計可施的兩人只好呆看著啤酒往車子移動的方向流。就在此時，一位四十幾至五十多歲的男性在新橫濱站上了車。不會吧！我緊張地看向那位男性，只見他邊說「唉唷喂」邊避開地上的啤酒，走往弄掉啤酒罐的西裝男旁邊最靠窗的位子，若無其事地坐了下來。最後，巡視車廂的乘務員把地上的啤酒清乾淨。西裝男鄰座的女性在名古屋下了車，弄掉啤酒罐的他頻頻向對方道歉，那位女性只是靦腆地點頭示意。

這件事令我印象深刻的是，沒有人表現出不耐煩的樣子。如果是發生在前往東京的車上，想必就不會這樣了。假如是在來線[1]的車上發生這種事，光用想的就覺得煩。

回程的新幹線上，瀰漫散慢的氛圍，我覺得那樣很舒服自在。從東京規律的擁擠人潮，回到大阪混亂的人群前，漫長車程中上演了突發的短暫插曲。使人產生時間暫停的微妙錯覺，「東京」的餘韻升華為幸福感，在車廂內淡然地蔓延。

1. 日本鐵路用語，意指新幹線以外的國鐵、JR鐵道路線。也是貨物列車、夜行列車使用的路線。

幸福的盒子

雖然我沒有常說我愛喝茶，卻經常收到茶。特別是重要日子的時候。不過，我手邊也經常有三年份存量左右的茶，實在喝不完，真是浪費。反正罐子很漂亮，就留著吧，儘管不能喝了，還是沒辦法丟掉。

得到新人獎後的第一場同學會，我收到茶葉與保存食品的禮盒。那不是店家配好的，而是送我的那位朋友，自己挑選蘋果茶、伯爵茶、凍頂烏龍茶和茉莉花茶，搭配可可與冷凍乾燥高湯塊組成的禮盒。那位朋友說，我想你應該會喜歡這樣的東西，其實大學畢業後我們就沒再見過。我真的很開心，把裝滿茶葉與保存食品的禮盒一直放在房裡顯眼的角落，不時想到就打開來看，細細品味那股喜悅。

完全沒想到那也是食物，必須盡早開來吃。就那樣過了十個月，我總算想起：「那可以放到什麼時候啊？」

果不其然，全都過期了。保存食品的話還可以馬上吃掉，問題是那堆茶葉。但在那十個月裡，我就像到處劈腿的沒用偷吃男，這兒買一點、那兒買一點，不斷增加茶葉的庫存量。朋友送給我卻放到過期的茶葉，已經變得不好喝了。現在只要有時間，我就會泡一些來喝。因為是朋友送的，還是很好喝，想是這麼想，事實卻不是這樣，喝茶反而變成在盡義務。

不過，我對自己把事情搞成這樣，一點都不覺得懊悔，真是妙了。不時打開放在房裡的禮盒來看，那股幸福感真的很珍貴。不管裡面的東西變得如何，它的存在已經形成雋永的芳香。如今想起那個禮盒，我還是會微笑，就算帶去公司的茶葉正逐漸劣化。禮物的真實狀態與收到禮物的幸福感，有時是分開的。亂買的東西倒是經常令人後悔。所以說，禮物是很特別的存在。

蝴蝶不會飛，甲蟲隨你摸

讀幼兒園的時候，爸媽買了一套十冊的《世界動物圖鑑》（講談社出版）給我，如今也快三十歲了，我還是經常拿來翻閱。無論是小時候或現在，我最喜歡的是第一冊的《無脊椎動物—變形蟲、珊瑚、貝類、昆蟲、海星等》，以前借給大學的朋友，幾年後才回到我手中，當時還看到忘我。雖然記得有介紹到蟑螂，所以刻意跳過，但幼兒園時的我似乎對那很感興趣，書上還留著用蠟筆仔細描繪各種蟑螂輪廓的痕跡。

其他常看的圖鑑還有《世界蝴蝶》（學研出版），這是上小學後爸媽買給我的，裡面完全沒有塗鴉，我現在也很常看。假如《無脊椎動物》是兩個月看一次，《世界蝴蝶》約莫是三週看一次的程度，我就把它擺在床邊。要是騎腳踏車的時候，眼前突然飛來亞歷山大鳥翼蝶（母蝶），我應該會摔車，接著休克而死，我老在想這些有的沒的。據說牠是世界上最大的蝴蝶。用各位比較容易懂的方式比喻，大概就是B5那麼大。

抓昆蟲不是我的興趣，儘管長大後還是愛看小時候的圖鑑，總是看卻不採取行動的我，某天做了一個決定，我要去看八月二十日的「世界蝴蝶與甲蟲展」。在車廂內的吊牌廣告看到了這個展覽，老想著好想去，趁著最後一天趕緊請特休去看，抵達售票處時，內心早已是亢奮狀態。或許是因為這樣，當我看到「國中生以下，可獲贈明信片」的傳單，又看到排在前面的男生拿到印有海倫娜閃蝶[1]與彩虹鍬形蟲的明信片，不禁脫口而出，我也可以拿嗎？明年一月就要三十歲的我居然問得出口。售票處的阿姨面有難色地說，那個喲，等你看完展覽，在出口的地方就有賣，一張四十日圓。說也奇怪，她倒是很細心地向我說明。熱昏頭的我像在試探什麼似的，裝成別人家的人，偷偷進入會場。展覽的內容很豐富，讓我忘了拿不到明信片的事。掛滿隔板的蝴蝶標本，看得我目眩神迷，基本上都是在《世界蝴蝶》裡看過

1. 被譽為世界上最美麗的蝴蝶。翅膀上的顏色有深藍、淺藍的變化。海倫娜是光明女神的名字，故又稱為光明女神閃蝶。

的蝴蝶，有種像在複習的感覺，所以我還有心思去聽旁人的對話。遠處有個小女孩對著像是她媽媽的女人說，「馬麻～馬麻～，這麼漂亮的蝴蝶要是也飛來我們家院子就好了。」我聽完會心一笑，但右方也傳來這樣的聲音。一個年約四、五歲的男孩輕聲感嘆地說「好美喔」，他的話引起我的共鳴。

親眼見到以前只在書本上看過的各種蝴蝶，年近三十歲的此時，比起鳳蝶科的蝴蝶，我覺得粉蝶科與眼蝶科的蝴蝶更美，還有閃蝶翅膀的藍色，那種結構色，原來是鱗片表面的縱脊線形成的光澤，從斜角看會變成咖啡色，這點令我很驚訝。

展覽中獲得許多感想與發現，不過最大的收穫莫過於，一公一母個別展示的南方天堂鳥翼鳳蝶（Ornithoptera meridionalis）標本。我沒想過可以親眼見到。南方天堂鳥翼鳳蝶的公蝶與號稱世界上最美的蝴蝶「鉤尾鳥翼蝶（Ornithoptera priamus）」的公蝶很像。同樣是綠底加上黑色與金色的花紋，後翅下方也都有尾狀突起，但南方天堂鳥翼鳳蝶的公蝶，尾狀突起的部分不像鉤尾鳥翼蝶的公蝶呈現優美的圓弧，而是有點歪的梯形後翅，下方朝外側突出，樣子看起來矬矬的。據說好像是因為「進化過度」，導致南方天堂鳥翼鳳蝶的公蝶不會飛。若說互補也不是那麼一回事，但在母鳳蝶比公鳳蝶不起眼的新幾內亞，南方天堂鳥翼鳳蝶母蝶的「白色花紋鮮明美麗」。黑底白花紋加上淺淺金色的後翅，雖不華麗卻很高雅。

「公蝶由於後翅過度進化，早已失去飛翔的能力，通常都是待在樹葉上靜止不動。因此，野外抓到的都是母蝶，公蝶必須從幼蟲開始飼養才能獲得。在昏暗的新幾內亞島密林中，母蝶翩翩飛舞，宛如在尋找公蝶的姿態，令人難以理解又覺得神秘。」

兒時不滿十歲的我，看到南方天堂鳥翼鳳蝶的母蝶在瀰漫陰森氣息的林中飛舞，以及像是被打敗似地停在葉子上的公蝶的插畫，旁邊寫著那麼一段文字，我反覆讀了好幾次。這是我最初感受到生命無奈的記憶。「早已」、「宛如」這兩個詞彙也是透過這段文字學會的。所以，每當看到使用程度不如「早已」頻繁的「宛如」，我就會想起南方天堂鳥翼鳳蝶的母蝶。此後，南方天堂鳥翼鳳蝶的公蝶與母蝶，對我來說是所有男女情事中最悲情的故事。即便已被做成標本，牠們就像活生生在我眼前一樣。其他蝴蝶擁擠地排在標本箱裡，像是要填滿背景的空白。相較之下，南方天堂鳥翼鳳蝶夫妻卻是各自端坐在標本箱的正中央。儘管那姿態散發著孤寂感，卻莫名地令人折服。

不過，當我來到最後的獨角仙、鍬形蟲接觸區，心中的感慨被那兒驚人的歡騰氣氛一掃而空。小朋友和獨角仙、鍬形蟲親暱地玩在一塊兒，這是我今年夏天看過最古怪的景象。不光是哺乳類，就連昆蟲也拿來玩，這主意實在好棒棒，唉～人類真是罪過。買完十張四十日圓的明信片後，速速走出會場。在收銀台結帳的竟是剛剛售票處的阿姨，我只好尷尬地轉移目光。

拜託您，發福神

不知道各位看到這篇文章時，我是否已經決定好去哪裡新年參拜[1]，想到就很擔心。今年我去的是大阪市平野區的杭全神社。「杭全」的日文發音讀作「KUMATA」。

我和每年一起新年參拜的朋友小Y都對平野區不太熟，但她說「我們明年的開運方位好像是東南方。我在某本雜誌上看到的」，所以我們決定去杭全神社參拜。「我看了一下啊，我們兩個的家在東南方剛好都沒有神社，如果是南方，勉強算起來是住吉（大社）或百舌鳥八幡宮，可是你說是東南方夠。我說你啊，到底是在哪本雜誌看到的啦。」我邊說邊查，結果找到了杭全神社。

1. 日本人過新年時，第一次去寺廟或神社的參拜。參拜期間沒有特別規定，基本上是在正月的前三天。

就結果來說，雖然杭全神社算是主力神社，不，就因為是主力神社，所以是很好參拜的神社。一月一日一定會去新年參拜的我和小Ｙ，其實對新年參拜沒什麼好回憶。去年造訪的生田神社、湊川神社是神戶的熱門景點，因為諧星陣內智則與女演員藤原紀香在那兒舉辦婚禮而引發關注的生田神社，坦白說格局有點小（我不是說它寒酸，那兒真的不深，很快就能拜完）。參拜完後還有體力，於是我們順道去了湊川神社，那兒的人潮多到一分鐘只能前進兩公尺，宛如身處牛步地獄。前年去的是住吉大社，無知的我被路邊攤狠狠敲了一筆。大前年去了大阪天滿宮，一時得意忘形的我，在神社裡的其他小神社狂投香油錢，等到要參拜主神的菅原道真公[2]時，零錢已經用光，只好向小Ｙ借。儘管每年的新年參拜都很囧，但人潮控制在某種程度、深度適中、神籤種類豐富，從這幾點來看，杭全神社對我們來說是「揪甘心！」的神社。好想再去一次杭全，雖然想這麼說，不過小Ｙ應該會打槍。前幾天碰面時，她又說要先查好明年的開運方位，仔細想想，「某本雜誌」這樣模糊的情報，小Ｙ真的會再信嗎？我也不敢保證。

我想再去杭全神社，不光是因為那兒很好參拜，還有車站前的「Megalon」，那棟老式大廈令人感受到當地舊時光，而且真的很大，所以我想再去一次。還有大廈一樓從元旦就開始營業的咖啡廳，展示櫃裡食物樣品的標價牌是用毛筆寫的，店家同時賣蛋糕卷和日式點心的甜餡饅頭，相當吸引人，所以我想再去一次。

此外，還有一個很簡單的理由，因為那兒有「七福神籤」。「七福神籤」是仿照七福神[3]內容的神籤，除了籤詩還有附上七福神的小公仔。先不說那個寬不到一公分、長不及兩公分的小公仔有多可愛，因為和七福神有關，所以不會抽到「凶」或「大凶」，對膽小的我來說，抽起來很輕鬆。我和小Y都很喜歡「七福神籤」，去過許多神社佛寺都找不到，在杭全神社發現的那一刻，內心充滿感動。幾年前在三十三間堂抽過，當時是抽到弁財天，今年抽

2. 日本平安時代的學者，被日本人尊為學問之神。
3. 惠比壽、大黑天、毘沙門天、壽老人、福祿壽、弁財天、布袋，在日本信仰中被認為會帶來福氣、財運的七尊神明，類似中國的八仙。當中除了惠比壽是日本的神明，其餘皆為外來神明。大黑天、毘沙門天、弁財天來自印度，壽老人、福祿壽、布袋來自中國。

到毘沙門天。籤詩的開頭寫著：「◎毘沙門天（勇氣）」。是喔，「勇氣」啊，心中感慨萬千。突然感到無力的我心想，抽到毘沙門天也是ＯＫ啦，不過，明年請讓我抽到像是發福中年男的布袋、惠比壽或是大黑天，感覺抽到祂們比較容易得到幸福。儘管嘴上這樣說，也已經過了十個多月。毘沙門天的籤詩上寫到「賜予人們無量的財寶、福德、智慧之神，廣受信徒崇敬」。今年在工作上確實是很充實的一年。可是，一想到「（勇氣）啊，好沉重」就覺得很有壓力，才入秋就有種過完年的疲勞感。毘沙門天大神，真是對不起。

以前我玩過一款叫《真女神轉生if……》的電玩遊戲，裡面有個「守護靈系統」，根據守護靈的能力值，可以改變角色的能力，我覺得那和「七福神籤」有點像。明年我想召喚布袋。據說布袋的原型是中國的釋契此和尚，他就算拿到生的布施，也是毫不在乎塞進布袋隨身攜帶。最近我也剛從大衣口袋裡，拿出近二十張去年的發票。其中一張還包著嚼過的口香糖。我可不是沒修養喔。

商店街鑑賞

愈是覺得累的時候，我就會想散步。不管已經累到不行，只想嗑完牛肉蓋飯，回家倒頭大睡，最後腦中總會隱約閃過，走一下好了的念頭。然後，搖搖晃晃地經過離公司最近的車站卻沒停下來。也許對我來說，比起食欲和睡眠欲，想散步的欲望更加強烈。就算覺得好睏喔，我會想到，只要走去某個車站，上電車就能放鬆打盹。即便肚子餓得咕嚕咕嚕叫，假如走在路上看到有興趣的店家，就可以進去吃吃看。

我多半是去天神橋筋商店街散步。那兒很有名，號稱日本第一長的拱廊型商店街。覺得有點累的時候、情緒低落的時候、有心事的時候、想圖個輕鬆的時候，我就會去那兒走走。走在拱廊彷佛無止盡的天神橋筋商店街，沿路都是櫛比鱗次的店家，時不時就到那兒閒晃的我，一點都不覺得膩。每次去散步總有新發現，加深對當地事物的印象。這地方有紅茶喝到飽的麵包店啊，邊說邊走進店裡，卻什麼都沒買就離開。二樓上面的居酒屋都不見啦，抬頭看著那樣的大樓，真是不景氣啊……一陣涼意上心頭。發現了一間厚實磚造牆體的兩層樓式咖啡館，以前應該有看過卻毫無印象，傻笑地望著展示櫃裡的食物樣品。經過古早味的西服店，像是沐浴在負離子中，心情很平靜，沒想到這家店竟是一九二五年創業，立刻驚醒。看到的巷弄全都走進去瞧瞧。門口放著紅白藍三色旋轉燈的理容院，店家把剪髮說成理髮，至於前面那家中菜館已經關門歇業。

我想這般程度的說明，應該很難讓各位理解天神橋筋商店街的規模有多大。本來我還打算把想得到的店名、行業、店家外觀的說明通通寫下來，但那些內容也不足以表達我的感受。其實，我的散步觀不值一提，我只是單純覺得天神橋筋商店街是很棒的地方。

不光是天神橋筋商店街，只要到街上走走，我會覺得搞不清楚自己是否還活著。我到底是在散步的人類，還是為了膚淺煩惱而移動的照相機。那種感覺使我感到莫名幸福。只要活動雙眼與雙腳，腦袋徹底放空。啊～看到有興趣的東西就湊過去看，無趣就速速離開。雖然不知道哪一類的東西會引起我的興趣，但當下應該都是靠著本能採取行動。我想，那種鑑賞的喜悅比起欣賞畫作或電影、聽音樂更單純。我不明白自己為何喜歡那樣的事，也覺得沒必要說明，人活著就是件有趣的事，隨意走走看看，任時光流逝，也是種美好的體驗。

厄年奮鬥記

二〇〇九年的一月，我三十一歲了。在日本，女性三十一歲屬於「前厄」[1]。在這種狀態下得到芥川獎這般大獎，感覺像是一口氣放了五年分的盂蘭盆節連假與新年年假那樣幸運。同時我也想到，前厄年剛到就遇上這麼好的事，今年肯定不平靜，不由得膽戰心驚。

果然，該來的終究會來。大致上都是別人聽了也不會同情的小事，以吃角子機為例，討厭的事就像櫻桃連成一排那樣，微妙地接連發生。程度稍微嚴重的也有好幾起。一一寫出來會沒完沒了，所以我就不寫了。重點式地提一下，我去了家事法庭、走路走了十個車站的距離、為了擺脫軟弱的自己，立志成為和代[2]。當然，要成為和代實在很勉強，但我還是想試試看。

剛剛我的印表機壞了。如果要為這台印表機辦告別式，我想用西川潔[3]的語氣朗讀弔唁詞「這輩子都害撩撩」，不過除了印表機，確實也壞了不少東西，雖然東西在我手上本來就用不久。

都怪我用「很忙」當藉口，沒去消災解厄，今年剩不到二十天了，我每天都這樣責怪自己。這樣的天數是關鍵。究竟會發生怎樣的事？下週要和許久沒見的朋友見面，我會惹惱對方嗎？儘管很怕無端惹惱別人，災難或許已經降臨在我料想不到的地方。

前厄已是這樣，到了本厄的二〇一〇年又會發生什麼事。公司的主管說厄年不是自己會有事，是周遭的人會出事。於是，我告訴我媽（她出過車禍），不要隨便騎腳踏車趴趴走，也不要吃過期的食物，但她似乎沒把我的話當一回事。

---

1. 日文的「厄年（やくどし）」即「多災之年」，類似台灣的犯太歲，也就是在特定年齡時，可能遇到災難或得大病，因此在「厄年」時必須謹慎行事。「厄年」採用虛歲算法，一般來說，男性二十五歲、四十二歲、六十一歲，女性十九歲、三十三歲、三十七歲皆屬「厄年」。厄年的前後，稱為「前厄（まえやく）」與「後厄（あとやく）」。
2. 勝間和代，日本知名理財專家與作家。
3. 西川きよし，日本諧星、男演員。

為了不搞砸新年參拜，我查了好幾家對消災解厄很靈的神社寺廟。聽說寺廟是對除厄有效，神社是對解厄有效。既然已經做足功課，我想解厄就夠了。不過，我不想在緊要關頭時想起自己有厄運在身，最後決定去除厄。說起對除厄有效的神佛，就是藥師佛和不動明王。祂們頓時成為我心中的巨星。明年我要多去造訪有供奉這兩尊神的寺廟，明明沒人想知道，尾牙時我卻到處嚷嚷，大家可能都覺得，這傢伙是怪咖。

以前的我並不在意什麼吉不吉利。我想就算是友引日[4]，我還是會若無其事地去參加喪禮，或是在佛滅日[5]開工。然而現在的我，如果在友引日遇上有點討厭的事，就會覺得啊啊來了、又來了，變得很鬱卒。在佛滅日和別人見面也會鬱卒。簡直一整年都在鬱卒。然後暫時安慰自己，慢慢平復心情。假如以前的我看到現在的我應該會嚇到，覺得很沒出息。

不過，我想就算那樣也沒什麼不好啦。至少我知道了「對除厄有效的寺廟」有哪些，在尾牙說出來的瞬間也很開心。當然，我還沒樂觀到把厄運當成好事，但想著如何消除厄運的那段時間，的確稍微忘了厄運這件事。雖然很想逃避二〇一〇年，但我仍然期待到處去拜訪神明。懂得自我安慰也算是學會一種求生技能，即使無法笑咪咪當成喜事看待，我還是會以輕鬆的心情迎接它的到來。

4. 不吉利的事會拖朋友下水的意思。日本人認為在這天辦葬禮、法事，往生者會把朋友帶走，所以友引日很多火葬場都不營業。

5. 佛圓寂的大凶日，又稱大惡日，這天諸事不吉。原本稱爲「物」滅，近年改為「佛」字。

光榮、衰落、筆壓

隨著年齡增長，用手寫字變得愈來愈吃力。二十多歲時還寫得出小字，最近字體明顯變大了，每天寫公司日誌的時候都在想，別說行高6mm，就連7mm都寫不好了。

雖然現在這麼沒用，小時候我的筆壓卻很重，重到讓我覺得丟臉。你寫字也太用力了吧！雖然從沒被這樣說過，可是當班上同學傳閱全班作文的影印本時，或是從後面收回小考的考卷時，看到自己的筆跡黑得不像話，實在好糗。明明是用HB鉛筆寫的字，顏色卻像2B那樣深。而且，字也很醜，像是不會控制力道似地寫得很重。那麼醜的字就像在笨拙地極力撇清，字不是我寫的喔！因為筆壓太重，總覺得無名指關節附近的皮膚很痛。握筆寫字時，我都是把筆桿壓在無名指上，就連拿筆的方式也錯了。

字醜又黑、拿筆方式很怪，簡直是自作自受，背負著三重障礙的我，目前能做的就是，調整筆跡的深度，而我想得到的方法只有，把鉛筆或自動筆換成更硬的筆芯。有段時間，我特愛用4H的筆芯。小學高年級的大部分時間，我都是用2H的筆芯。或許，我是想讓自己的字看起來從容穩重。當時班上有個女生的字顏色淺淡、筆跡流暢，寫字好像都不用出力，我也想變成那樣。

國中時改用H，到了高中固定用F的筆芯。經過這些年，那異樣的筆壓似乎漸漸減弱。不過，有件事我很驚訝，原來鉛筆和自動筆的筆芯種類那麼多。看來每次寫字都得小心控制力道，以免寫斷筆芯的人說不定很多。儘管二十年前沒有網路和智慧型手機，筆芯的硬度倒是應有盡有。不知道怎麼說才好，總之很豐富，感受得到文具廠商的用心，令人相當滿意。

上大學後，變成用HB的筆芯，這時筆壓已是一般人的程度。也許是因為我改用原子筆寫筆記，於是筆壓就從我的煩惱清單中消除。感覺上是這麼一回事。

然而，過了三十歲之後，我開始覺得用公司的自動筆寫字很吃力。製作公司內部文件的信封時，要在信封上寫建案名稱等，那樣的工作令我痛苦。因為信封是兩張紙重疊的狀態，我怕寫得太用力，筆芯會勾破紙，所以用墊板隔開，即便那麼做，還是覺得累。

直到某次，我和一位喜歡文具的文字工作者聊天時，她說常去的文具店老闆告訴她，自動筆的筆芯用B剛剛好。聽了她的話，我試著改用B，確實變得比較輕鬆。那時我才發現，我的筆壓重到連用HB寫都嫌太重，心中暗受打擊。為了掩飾筆跡的拙劣感，我不斷改用較硬的筆芯，現在卻連HB都沒辦法用。

有種「慘慘慘」的感覺。或是，就算不在身邊，我還是需要你，像是國中生寫的歌詞那樣苦澀的心情。對我來說，那個你就是「筆壓」。雖然也想用青鳥的故事來比喻，但我的情況應該是從鳥籠逃走了才對。

因為筆壓帶給我的沉重打擊，加上做任何事總是偏激的個性，為了找回以往的筆壓，我開始用4B的筆芯。這樣做好像很蠢。不過沒關係，這樣也好，反正我的字顏色本來就很深，頓時覺得很得意。只是，寫著寫著筆芯很快就沒了、又斷了，用橡皮擦也很難擦乾淨，真是傷腦筋。筆芯會斷，可能是以前的筆壓還在的關係。我的筆壓到底是怎麼搞的，麻煩死了。

經過幾次的失敗，最後選定2B的筆芯，但我也決定以後要少用自動筆了，這念頭有種自己棄權的感覺。如果再讓我年輕幾歲，為了爭口氣，我一定會繼續尋找適合的硬度，反覆研究。可是啊，那樣有點浪費時間欸，接著又冷靜地做出判斷。

現在，我多是用小朋友用的鋼筆來寫字記事情。握把處有幫助學會正確拿筆方式的凹槽。以重回小學生的心情，重新學寫字。因為筆頭粗，寫出來的字自然會變大。紙上留下較多空白、筆跡淺淡的字，看起來的確比較成熟。

III 脫線卻豐富的每一天

膽小鬼的揮霍

趁工作空檔去蹲一下廁所，搞得滿身大汗、昏昏欲睡時，我總會想到一件事，生活在有空調的現代卻很貧窮的我，以及活在沒空調的古代貴族富商，誰過得比較快活。當然是我囉！雖然是在有附帶條件的情況下，即使忙到沒時間，面對夏天粗魯放肆的熱氣，我還是能大聲說「NO」，空調真是偉大的發明。就算贏不過現代的有錢人，我可不輸以前的人喔。每當想到這兒，我就會充滿鬥志站起身，繼續回去工作。

說到有錢人，前幾天我得到一筆對我來說過於豐厚的獎金。至今我從沒一次拿到那麼大的金額，因為很害怕，遲遲不敢去ATM確認。雖然不敢去確認，我仍然戰戰兢兢地想著該怎麼用那筆錢，或許是過慣了百圓單位起跳的生活，一直想不到好點子。

因為大家都覺得我看起來一付窮酸樣，我想買衣服應該很妥當，只是我很怕服飾店的店員。他們那種不帶感情、裝親切的招呼口吻，似乎隱藏著極端的服飾店階級意識。或許這麼說有點誇張，但我還真沒有可以穿去服飾店的衣服。鞋店也一樣，只是走進店裡隨便看一下，立刻就有店員湊過來問：「您常穿馬丁鞋嗎？」要是我老實回答「那種要用繩子穿過很多洞的鞋子，我沒把握穿得慣」，不知道對方會有什麼反應。

另外，男美髮師，我也很怕。感覺最近比起女美髮師，更常看到男美髮師，多到讓我甚至有了想叫他們多繳點稅的念頭。無論鞋店、服飾店或髮廊，真希望這些店的員工像凪羅健壹[1]那樣友善並保有適當的距離。我告訴朋友，應該叫他們全都去跟凪羅健壹學習一下，朋友回道，如果我是他，我會覺得很困擾。也對，再怎麼友善也有個限度。

打扮自己這件事總是教人心煩。為什麼花個錢還要搞得那麼累，忍不住火大起來，心想乾脆搬去不注重外表的地方好了。不過，對我來說，象徵有錢人的「住」是什麼呢？

1. なぎら健壱，本名柳樂健一，日本民謠歌手、演員。

就現實生活而言，應該是低反彈（低反発）吧。陸續買了一些低反彈的商品，了解到它的好處後，現在我很想住在全都是用低反彈材質蓋成的房子。不必用到知名廠牌「丹普（TEMPUR）」，找日本國內的廠商，請對方估價「三坪空間全部用低反彈」的話，不知道得花多少錢？不知道對方會覺得我有多蠢？既然都要花錢了，就算不是蓋低反彈的房子，我也想蓋間糖果屋。

說起糖果屋，馬上就想到板狀巧克力的門，即便已經長大，我還是會想，那樣的門要找哪家公司訂做？明治還是森永、樂天（LOTTE）還是固力果（Glico）、古田（Furuta）還是好時（Hershey's）、力特（Ritter Sport）還是吉百利（Cadbury）。雖然想招標又擔心如果被外資企業標去，社會觀感會很差。只跟一家公司簽約，事情就簡單多了，不過要是協商後，被卡樂比（Calbee）或湖池屋標走，那可就麻煩了。由單一企業提供、降低資金來蓋的話，勢必得配合參加宣傳活動。可是，我只想低調地住進糖果屋就好。

只要是糖果屋就好？我可沒那麼說。搞笑團體「沙加」（ツャカ）表演家教短劇時常說的那句，「用焢肉蓋成的我家」（豚の角煮でつくったおうち），那也是很棒的點子。不過，住在滿是醬油味的家，有辦法過正常的生活嗎？焢肉屋開始塌掉的話，那種慘況可不能和糖果屋相比。不幸死在油膩的焢肉堆裡，父母的眼淚也會多流兩倍吧。

低反彈屋、糖果屋、焢肉屋，對我來說，追求奢華的「住」是瘋狂的行為。同時也覺得，就此看破還太早，我必須更認真思考這件事。就像J．K羅琳女士買城堡，或是麥可．傑克森興建夢幻莊園，他們應該都是抱著，以此了結或突破過往人生的心情在做那樣的事，那和住在某某山莊豪宅是不同的層次。

小學上社會課時，聽過關於江戶時代富商的奢侈行徑。那個人好像是叫淀屋辰五郎。夏天的時候，他把家中的天花板與地板全換成玻璃做的水槽，放入金魚悠游其中，藉以消暑。記得當時說這個故事的年輕女老師，邊說邊發出驚嘆聲。年幼的我不服氣地回道，可是那時候沒冷氣啊。如今回想起來，我能夠理解老師為何那麼羨慕。真正的奢華，不是扭曲環境來配合自己，而是在現實中展現別種價值觀。坐在馬桶上滿身大汗還試圖裝沒事的我，完全慘敗。

膽小鬼的信念

隨著年紀增長，我變得愈來愈虔誠。以前就算在巷子裡看到地藏菩薩，我也不會停下腳步，就連新年參拜也嫌麻煩而不去。結果現在呢？想起剛剛有看到地藏菩薩，立刻掉頭走回去拜一下。新年參拜去的神社，裡面所有的神明都投香油錢。就算是日常生活中沒什麼交集的刃物大神，我也請祂保佑別讓我切到手指。

單純的信仰倒是無妨，一旦變得虔誠，也會變得迷信。好比國中的時候，對星座運勢抱以平常心看待，想打噴嚏就打，根本不管打了幾次。結果現在呢？每天早上看電視節目的星座運勢，有時因此一整天都很鬱卒。打噴嚏的時候，就會想是誰在罵我，生活得提心吊膽。

每天早上有個電視節目，至於是哪家電視台我就不說了，總是很雞婆地播報十二星座的運勢排行榜。我自知是個運氣普普的人，也很小心別給別人添麻煩，心想那些提醒都是多餘的，所以百分之九十九不看那個節目，但有時轉台不小心就看到了。偏偏看到的時候都是，第十二名水瓶座。學生時代聽到和我相同星座的朋友說，每天早上播出的運勢，總覺得老是在說水瓶座的成績差，我聽了深感認同，用力地點了點頭。而且人際關係方面的提醒特別多。像是，別聽別人說三道四、貿然開口會招致反感、切勿得意忘形而多言，諸如此類。凡事都沒自信的我，在人際關係上更是沒自信，一大早看到這種自己平常就有在注意的事，頓時陷入恐慌狀態。播出這樣的內容引起別人的不安，到底有什麼好處？幸運物還是田樂味噌，中午要去哪裡吃這種東西，超商又沒賣！我邊嚷嚷邊匆忙準備出門。

我媽倒是很自動地翻開報紙看星座運勢，然後說，叫你小心腸胃喔！一早起床就為了人際關係＋腸胃問題嚇得冷汗直流。還沒出門就聽到這些衰事真倒楣，接下來肯定還會發生其他不好的事。說不定會被車撞，或是在電車裡遇上麻煩，帶著想哭的心情去上班。最近只要電視的星座運勢結果很差，我一定會詳細告訴公司同事，接著補上，要是你今天覺得我很差勁，那都是運勢差的關係。到了明天我又會變回你認識的好人，像這樣先打好預防針。當天也會在公司裡尋找和我相同星座的人，這個人、那個人看起來也很苦惱，痛苦的不是只有我，藉以自我安慰。偶爾想起和自己相同星座、血型的前足球選手中田英壽，我想在遙遠的另一端，阿英也正為了被誤解而困擾吧，擅自胡亂想像，莫名的同情心爆發。

對人際關係如此沒自信的我，對於打噴嚏與傳聞的法則也是深信不疑。在我居住的地區是這麼說的，打一次噴嚏是有人在稱讚你，打兩次是有人在罵你，打三次就是感冒了。不知為何，我都會連打了兩次。因此，這四年多來只要打兩次噴嚏，我就會猜想是別人在說我壞話。像是，部長碎碎念說，津村這個人啊，老是對奇怪的事很堅持，不過平常工作倒是很隨便。或是，次長跟旁邊的某某人說，津村這個人啊，謙虛是謙虛，重要時刻卻會賭氣攬下工作，諸如此類。最近某編輯可能邊看我的稿子邊嫌，這是什麼奇怪的講法，或是很直接地說，這文章馬馬虎虎啦，像這樣不斷想像別人說的壞話。於是，打完兩次噴嚏後，我會稍等一下，把後來打的那次也算進去，自己騙自己，這是感冒啦，因為在換季嘛。比起被說壞話，我寧願相信那是感冒，假如真是這樣，至少不會那麼沮喪。

人會愈活愈清醒，變得不再迷信。然而，事關自己的時候，可就不是這樣了。我才不會那樣咧！愈是這麼想，愈會變得迷信。雖然覺得很奇怪，但我能理解。因為我是個不被提醒就會愈來愈懶散的人，所以才會不自覺地去參考星座運勢或相信打噴嚏之類的事。「看運勢只看好的部分」大多數的人或許是這樣，不過我只會相信壞的部分。為了不被討厭、為了避開意外。先準備好面紙，以免搭車時突然肚子痛想上廁所的時候沒得用。我相信先做好最壞的打算，對人生總會有幫助，這也是一種信念。

極私密的「喫茶時光」

其實我很常喝紅茶。雖然在家不太喝，在公司倒是整天喝。我把七五〇毫升的水壺放在辦公室，一天會喝光兩次，等於在公司喝掉了一公升半的紅茶。儘管常喝，我對紅茶倒是不太了解。紅茶的罐子或盒子通常都很漂亮，所以我老是不管喝不喝得完就買，就算精挑細選買了喜歡或評價好的紅茶，經常喝不完剩下一堆。紅茶這東西，一個人是喝不完的。曾經有過因為發薪水，買了比平常貴的紅茶，盯著包裝袋傻笑，甚至拿起來磨蹭臉頰，結果根本不合我的口味，後來幾乎沒再泡來喝過的情況。看樣子，我的味覺很貧乏。我覺得真好喝的紅茶，上網一查看到「喝起來有股藥味」的評價，頓時跪倒在地。如今，比起一百包七百圓左右的「藥味紅茶」，我在公司大口大口喝的卻是等級更差的東西。

在家裡最常喝紅茶的時候，是寫小說投稿的那段期間。別人給的特福（T-fal）電熱水壺，加熱後發出很吵的咕嘟咕嘟聲，每天我都呆站著看它噴出的水蒸氣，用那些水蒸氣來暖馬克杯。茫茫然地想，今天寫得出幾張呢？寫得出來嗎？下班回到家後，先睡一下再開始寫小說，醒來時還很睏，腦子昏沉沉，喝了紅茶似乎有清醒一點。為了喝紅茶而煮開水這件事，像在告訴自己，等一下要寫小說囉！開始寫之後卻未必順利，真的很沒自信的我，那短短的幾分鐘總是情緒低落。

如今在家裡只要聞到紅茶香，就會想起當時的情況。在公司就算再忙還是會喝紅茶，它算是我的重要戰友。

想在公司頂樓呼喊葉名的每一天

最近這陣子，水培觀葉植物（簡單地說，就是把植物種在發泡煉石的小磚球或小碳球的栽培方法）攪亂了我的生活。因為我迷上了「葉水（給葉子噴水）」。每三十分鐘就用噴霧器往葉子上噴水。每十五分鐘就想翻看葉子，檢查玻璃容器的表面，確認根部有沒有從發泡煉石外露。發現露出來的根，我會邊竊笑邊說，「不可以跑出來啦」，再用掏耳棒把它塞回去。換到更大的容器後，想像著它們又會再長大，想到出神。有時也會突然想到，這樣搞不好明天根部會卡住，於是半夜驚醒，趕緊移到別的容器。長出新芽的日子，心情特好。視線一離開電腦螢幕，就想確認新芽的狀況，簡直是跟蹤狂的行為。告訴自己不能澆太多水，以免根部爛掉，為了讓根部呼吸，只能三天澆一次水。可是，不能澆水的日子好難受，完全是放置play。

現在桌上的觀葉植物有，黃金葛、武竹（Sprenger asparagus[1]）、薜荔（Ficus pumila[2]）、合果芋（Syngonium podophyllum 'White Butterfly'[3]）、萬年青（Dracaena sanderiana）這五種。之前，我比較偏愛成長變化明顯的黃金葛和合果芋，現在對它們的愛都差不多。因為喜歡感覺較嬌弱的事物，有段時間我對看起來很強韌的萬年青，表現得愛理不理。但仔細盯著瞧，看到那美麗的葉子，忍不住在心中哼唱起，好美的葉脈啊，徹底化身為JAYWALK[4]的團員。在外面的店家看到別人種的植物長得比自己的好，「可是它的葉子不夠綠，還是我家的葉子比較漂亮」，像這樣不自覺地燃起無意義的競爭意識，有如去學校參觀孩子上課情況的家長。

儘管過去二十九年過著與園藝無緣的生活，不知道赫曼・赫塞（Hermann Hesse）、卡雷

1. 又名天冬草，多年生草本植物。有刺狀的基部，葉退化成鱗片狀。果實為鮮紅色球形漿果。
2. 又稱木蓮，桑科的常綠蔓莖灌木。葉橢圓、花細隱於花托。果實浸出的黏液可製造涼粉及清涼飲料，亦可入藥。
3. 多年生藤本植物，葉呈長橢圓形或箭形，有各種白色斑紋。
4. 一九八〇年組成的日本知名流行音樂團體，曾經翻唱過張雨生的《大海》。JAYWALK 是英文 Jaywalking 的縮寫，意思是「禁止行人穿行」。

爾．恰佩克（Karel Capek[5]）和我外公是否也曾像我這樣傻笑，雖然比不上園藝的規模。就像那些為了偶像奉上大把鈔票的人，即使到了一定的年紀，還是會傻笑著尋找更棒的新人吧，我是這麼想的啦。

5. 廿世紀捷克最具影響力的作家之一，代表作有科幻小說《山椒魚戰爭》、《羅素姆的萬能機器人》等。

筆記本搜尋者的告白

無論是去友都八喜（Yodobashi Camera[1]）的文具樓層或是東急HANDS，甚至是一般的文具店，只要逛到筆記本區，我總會看到忘記時間。就算想不到要怎麼用，還是會從頭逛到尾，邊物色喜歡的厚度、大小或封面硬度，然後失望地想著「要是再○○會更好」，或是「這很接近我想要的」而開心。就是它了！像這樣找到厚度或大小符合理想的情況不常有，有時也會因為裝訂方式或內頁是格線或方格而改變想法。沒有一定的基準，也不管實不實用，我們對筆記本的要求到底是什麼啊？當我向有相同怪癖的朋友問起時，她一語道破「總歸一句，就是性感啊！」。我也知道一疊紙哪扯得上什麼性感的魅力，但我確實能理解朋友

1. 日本的大型連鎖購物中心，二〇〇八年配合北京奧運的開幕正式制定中文名稱「友都八喜」。

的意思。

說到性感的筆記本，我媽的朋友K阿姨曾經在迪士尼買了一本印著「I LOVE BUNNY」的邦妮兔筆記本送給我。A5大小、八十張內頁，如果格線的行高再少一些就更完美了。「I LOVE BUNNY」的線圈筆記本實在太性感了，所以我遲遲沒拿來用。用線圈筆記本時，我都很怕在左側寫字時，右手側面碰到線圈會分心（說到這，剛剛提到的那位朋友倒是對線圈不在意）。而且，當時正值敏感年紀的我，看到邦妮兔誇張的長睫毛，以及雙手在胸前交握、頭往反方向偏的表情，竟然莫名地心慌。現在變成我媽在用的那本筆記本，裡面到底寫了什麼，我偷偷翻來看，除了一些在茶會聽到的格言，其他全是空白，不知為何還夾著衣服的版型。也許，我媽看到邦妮兔也覺得頗彆扭。筆記本的內容會受制於封面或內頁的圖案，我和那位朋友都這麼認為。所以，就算封面是梵谷的《向日葵》或葛飾北齋的《富嶽三十六景・神奈川沖浪裏》[2]那樣有格調的筆記本，我還是用不下手。因為我知道自己寫的都是些雞毛蒜皮的小事。像是，買來的零食一天吃幾片可以撐到星期五，或是把通勤路上經過的那幾家羅多倫咖啡（Doutor Coffee）的座位數量寫成比較表。

對市售筆記本如此挑剔的我，用公司印錯的回收紙背面倒是很容易就下筆。那個怎麼用都用不完，我根據多年來的研究，裁成最好寫的寬度，並且印上圓點。印上圓點的好處在於，橫寫直寫都ＯＫ。分類好用的回收紙與不好用的回收紙、超好用的回收紙時，我想起了以前肉鋪裡常有放標示豬、牛或雞肉部位的圖板，雖然現在已經很少看到。以空白的比例來說，正反面都空白的部分是上等里肌肉，印到住址等文字必須處理掉的部分相當於內臟。如果一張Ａ４紙同時出現有印到住址的部分和全白的部分，就像要把紙解體一樣。此外，價值也會改變。最近，原本覺得等級普通的「測試結果表」，翻面後放到白紙上，表格的線會從白紙下透出來，就像印了浮水印。要是順著那些線寫，就算沒畫線，字也不會寫歪，自顧自地開心起來，「測試結果表」在我心中的身價立刻飆漲。過去我總認為「你啊印到字的地方

2.《富嶽三十六景》系列作品之一。圖中描繪驚濤巨浪襲向漁船，船員為求生存努力對抗，遠景是富士山。這是北齋最有名的作品，也是世界上最有名的日本美術作品之一。

太多了，放進雷射影印機的進紙匣會把其他紙弄髒，只能拿來墊茶壺了」，後來發現它根本是特優的回收紙，於是小心翼翼地收進櫃子。

雖然手邊有那麼多「可以寫」的回收紙，仍然不減我對筆記本的嚮往。我想是因為「裝訂」的關係。當然，回收紙也能用釘書機釘起來，但我追求的「裝訂」是線裝。可以整本在桌上攤開，輕鬆地從頭寫到尾，即使頁數不多，左右邊的高度不會有明顯落差的線裝筆記本。厚度適中，如果在裝訂處數公釐的地方有能夠撕頁的虛摺線更好。要是有洞的話，可以裝進資料夾，這樣更棒。假如長寬比例能贏過KOKUYO SLIM B5筆記本，簡直是神等級。光是想筆記本的事就能想出一堆，和八代亞紀的《船歌》有得拚了。

不過，就算得到理想中的性感筆記本，我大概也只會拿來寫「座位數尚可，看不出來有沒有禁菸，空調很差」這些瑣事。最近我買了「滾輪裁刀」，打算把手邊庫存的NG筆記本通通處理掉。後來想想，要把那些B5筆記本，右側裁掉3.3公分、打兩個洞的話，原本可以好好利用的筆記本可能會被我糟蹋到一本也不剩。不過，因為我的手笨，筆記本減少的速度不至於太快，這點還值得慶幸。雕刻出伽拉忒亞[3.]的皮格馬利翁[4.]，當初也是這樣的心情吧，是我想太多嗎？

3. 希臘神話中的海中女神之一。
4. 雕刻家。他根據心中理想的女性形象創作出一尊象牙塑像，並且愛上這個作品，取名為伽拉忒亞。

養命酒與西班牙語

前幾天我滿三十歲了。為了迎接這天的到來，從二十九歲生日那天起，我就時不時告訴自己，我已經三十歲了，也許很快就三十五歲了，可能是長期的自我催眠奏效，真的到了那一天，我沒有受到特別大的打擊或憤怒、悲傷。

雖然已經放棄成為以前想像中的大人，唯獨一件事，讓我強烈覺得「這是大人才會做的事！」，並且著手實行。那就是，開始喝養命酒。在我生日那天，我媽送了這個給我。

二十九歲生日那天，我壓根兒沒想到會在三十歲收到這種禮物。我一直認為養命酒這類的藥酒是大人喝的東西，再說仔細一點，是藤田真[1]喝的東西。或許是小時候看過他拍的養命酒廣告，加上他現在早就不是代言人，但我卻在喝藤田真廣告過的東西，想到不由得心頭一驚。接著又想，難道我已經變成像藤田真那樣的大人了嗎？

喔買尬！以前我心目中「喝養命酒的人」不是像我這樣的人，應該要更有錢也有孩子才對。那不是給像我這樣房間亂七八糟的人喝的，金討債啊。

儘管嘴上那麼說，我還是喝得很開心。喝完後身子馬上暖呼呼。就算是暖和的春天，我也不會用「暖呼呼」這樣可愛的形容詞，對於養命酒的效果倒是毫不遲疑地說出「暖呼呼」三個字。以暖呼呼的身子鑽進被窩裡，玩任天堂ＤＳ玩到不知不覺進入夢鄉。我玩的是《勇者鬥惡龍Ⅳ》，今天打敗了三隻金屬王。然後誇獎自己，做得真好。這就是無比的幸福。

不過，最近有段時間沒喝養命酒了。因為《勇者鬥惡龍Ⅳ》已經玩完了，但開始學西班牙語才是主要的原因。學那個要很專心，如果身子暖呼呼，無法集中注意力。由於朋友嫁給西班牙人，加上經常瀏覽西語系體育雜誌的網站，我希望不靠線上翻譯就能看懂標題，於是開始學西班牙語。這真的很有趣。窩在棉被裡，也不管實不實用，邊默念亂寫的句子邊傻

1. 藤田まこと，一九三三—二〇一〇，日本知名演員。

笑：「Hay una flores de naranja detrás aguella casa blanca.」[2]，「那棟白色房子的後面有橙色的花」，哪時候會說到這種句子，有哪本體育雜誌會用這個當標題。

喝養命酒、學西班牙語是我想要同時兼顧的目標。只不過，現在我還不會用西班牙語說「為了健康，我有在喝養命酒」。

2. 本句是作者自己亂造的，不是正確的西班牙語句子。

喜歡卻無法寫進小說的詞彙

即使每天都在寫文章，我卻無法好好運用腦中抽屜裡的所有詞彙。這也難怪。因為堆在抽屜前方的那些詞句，總會被反覆拿出來使用。最近修改稿子時，看到「些許」這個詞彙在兩段銜接的文章內出現了兩次。「玩味」也滿常用的。「些許」勉強算得上是喜歡的詞彙，「玩味」我倒不怎麼喜歡。為什麼會這樣？這些詞彙一旦被擠到抽屜前方，就會不自覺拿來使用。太常用「玩味」的我真是沒出息。該怎麼說呢，太像演歌的感覺（不是說像演歌不好，而是文章很平淡，用了實在很不搭），還是說，太矯情（這單純就是印象差）。要用更文雅的詞彙啊！那不是我的作風，況且沒人對我有這樣的期待，不禁生起悶氣。

若要爭論「玩味」的存在價值，在我腦中抽屜前方，用都沒用過卻始終待在正中央閃閃發光，或者應該說是，散發著咖啡香的爭議性詞彙倒有三個：「流血大拍賣」、「胎哥俗辣」

和「tabajo mucho」。這些完全找不到機會用。因為衝擊感過於強烈，出現在文章裡會模糊焦點，所以我一直很猶豫要不要用。可是，它們卻都在腦中抽屜的前方。不，應該說，已經拿到桌子上了。就像有時買瓶裝飲料會送的奇怪吊飾。既然如此，我想藉此機會聊一下這三個詞彙。

①流血大特價（出血大サービス）

糟透了！或是說很低俗。但，那股「黑白來」的感覺卻令人無法忽視。就像看到穿著日式傳統短掛的阿北，或是脫衣舞者，又或是兩者同時看到。這詞彙有辦法寫進小說嗎？讓我想一想。

「印表機陸續送出印有亂碼的紙張，轉眼間已經一大疊，簡直是流血大特價的狀態。」

試著寫成文章，我只想到「印表機列印錯誤」的情況，看來在我心中，這是相當負面的詞彙。假如到「流血大特價」的賣場買東西，賣場人員早已因為流血而哭喪著臉，顧客也是一臉慘白地出現在廁所或電車上。你們這是何苦，忍不住想酸一下。在發生「流血大特價」的慘況前，應該仔細想想造成那種情況的原因吧，很想邊喬眼鏡邊這麼說。儘管嫌不停，「流血大特價」這個詞彙，一天之中我會想起五次。緊迫盯人的氣勢使人不敢輕忽，那就是「流血大特價」。字型的大小必須用36以下。當然，還得加粗、用紅色標示。雖然覺得不吉利，思考其含意後，很難忽視其存在。舉例來說，就好比「圖騰柱（totem pole）」。

②胎哥俗辣（根性ばば色）

這在關西地區（或許只在大阪）是小朋友最愛用來罵人的話，可簡稱「胎哥郎（こんばば）」。不過，可能已經過時了。這詞彙的語氣很衝，有種把對方罵到體無完膚的感覺，但罵人的那方也會顯得沒腦，可說是雙面刃。與其說是雙面刃，比較接近鈍器。說是鈍器，又比較像用身體衝撞，說是用身體衝撞，應該是用手抓排泄物攻擊對方。大罵「那傢伙真是卑鄙無恥」的人，與大罵「那傢伙真是胎哥俗辣」的人，比較兩者的表情，肯定是後者看來一臉蠢樣。我也試著把它寫進文章。

「公司後輩皺著眉站在老是卡紙的印表機前碎念，這傢伙真的是胎哥俗辣。」

胎哥俗辣太搶眼，完全模糊焦點。極力想貶低對方的品格，那股怨念衝勁衝過頭了。

儘管覺得用不上，能夠駕馭才算是上得了檯面的作家。這麼說不代表讚許，但我很喜歡小學男生故意編出來罵人的話。像是打棒球的時候，坐在休息區長椅的人會群起哼唱「投手嚇得皮皮剉，嘿嘿嘿」那樣。現在我甚至覺得可以為了在大眾面前唱這首歌去打棒球。反之，聽到小朋友罵去死、呆子之類的話，我會覺得感傷。認真說起來，「胎哥俗辣」好比童年的勳章，長大後就會消失。因此，比起帶著真實情感的去死、呆子，胎哥俗辣不過是純真童年毫無惡意的傻話。

③ trabajo mucho

快要窒息，發「ba」和「mu」這兩個音要很用力。這句西班牙語的意思是，「工作很多」。第一次在參考書上看到「trabajar（工作）」這個動詞時，我小小地感動了一下。關於「工作」的說法，除了日文的「はたらく（hataraku）」，我還知道「work」和「trabajar」。當中讓我最有感的，莫過於「trabajar」。日文的「はたらく（hataraku）」聽起來太溫和，有種像在隱瞞工作的不滿與辛酸的無奈感。至於「work」，感覺太時髦，好像是西裝筆挺的白人，只要把右邊的東西移到左邊就能輕鬆獲取高薪。「labour（勞工）」也一樣，感覺作業員身上的制服好像很新。但，「trabajar」就有股毫無保留、帶著怒氣說「我在工作啦！」的感覺。然後，再加上經常令人覺得煩的副詞「mucho」，說出口後，有種邊罵混蛋、混蛋，邊搬東西、還是邊影印，或是騎腳踏車趕去拜訪客戶的感覺。我試著拿來造句。

「我是為了燒肉而活。燒肉就是我trabajar的理由。」

不行，這句子太荒唐了。如此沒出息的我，收到了嫁到西班牙的朋友寄來的明信片。上頭寫著「no trabajes mucho（別讓自己太忙）」。看了之後我不禁嘆氣，心裡覺得平靜多了。比起聽到加油，或是休息一下吧？這句話更加令我感動。

儘管再喜歡trabajar，不代表所有的西班牙語我都愛，有些西班牙語很奇怪。

好比卡片是「tarjeta」、筆記本是「cuaderno」。看到前者時，我忍不住瞪大眼睛，心想「塔魯黑塔？為什麼卡片是塔魯黑塔？」。後者則是太單調，念了幾十次還是記不住。因為太難記了，我還怪罪那個單字，明明是西班牙語卻那麼無趣，真差勁。反之，像是日文，我就很喜歡「些許（いくばくかの）」，覺得「流血大特價（出血大サービス）」很吸引人，聽到「胎哥俗辣（根性ばば色）」會燃起懷舊之情。至於英文，我喜歡形容羊叫聲的「BAA」。有時我也很想「哭吧！」的大哭一場，像是工作遇到瓶頸，很想逃走的時候。乾脆來做一本「想用用看的辭典」吧，寫這本散文的期間，某天剛要睡午覺的時候，模模糊糊想到這個點子。如果只用那本辭典裡的字寫小說，一直以來心底那個「我寫的是真正想說的嗎？」的疑慮或許就會消除。頓時覺得充滿希望，後來想到，這樣只是把平時很呆的自己表現出來而已，一陣無力後，悄悄地關上腦中的抽屜。

艾力克斯，你究竟是何方神聖

【《每天來學西班牙語[1]繪理心兒怦怦跳☆西班牙留學》感想】

（二月十三日）

我又重新開始在通勤時間學西班牙語。買了ＮＨＫ的廣播節目，由下田幸雄老師主持的《每天來學西班牙語　繪理心兒怦怦跳☆西班牙留學》的ＣＤ，轉檔進手機聽，並隨身攜帶八月號的教科書。

順帶一提，我想學西班牙語是因為，朋友嫁給西班牙人，參加了她的婚禮，覺得實在太

1. 《まいにちスペイン語》，ＮＨＫ的語言學習廣播節目。

有趣，使我產生興趣。那場婚禮有趣的點多到不行，好比說，當朋友用日語讀出「給爸爸的感謝信」時，在場哭得最慘的卻是西班牙人的賓客。

NHK的西班牙語廣播講座，每半年一期，分為四月至九月、十月至隔年三月。我聽的是二〇〇八年上半期、下田老師主持的講座。不過，我是從六月開始聽。所以，四月和五月的課程內容，必須買教科書來看才知道。簡單介紹一下主要的登場人物，主角是名叫繪理的日本女生，以及她的朋友安潔拉、馬吉爾、艾力克斯、寄宿家庭的媽媽芭卡、大學的老師尤金納等人。當中，我對艾力克斯很感興趣。艾力克斯這個角色是個天然呆。例如，為了讓期末考 all pass，他跑去找薩拉曼卡大學校門上的青蛙浮雕（相傳那是大學的吉祥物，找到它可以實現願望），或是為了買水沒搭上電車、前往天主教朝聖地的聖地牙哥康波斯特拉（Santiago de Compostela）觀光，卻一直肖想只有朝聖者才能佩戴的信物，大大小小諸如此類的蠢事一籮筐。就連教科書裡的插畫，比起髮型新潮的馬吉爾，艾力克斯卻是被畫得很隨便。

也許是想幫學員複習，八月號的教科書刊出四月號第一週與第二週的摘要，我心想，這下子應該可以多少了解一下艾力克斯是個怎麼樣的人，於是興高采列地翻閱。以下是從八月號得知的概要：

「繪理到西班牙的薩拉曼卡大學留學了。在前往與寄宿家庭碰面的公車上，她遇到了一位很親切、名為安潔拉的當地女性。去薩拉曼卡大學上學的第一天，她又遇到安潔拉，原來安潔拉也是這所大學的學生。安潔拉把男友馬吉爾介紹給繪理認識。」

……艾力克斯咧？他到底是何方神聖。一定得買四月號和五月號才行嗎？啊～可是六月已經教到反身動詞了，前面應該很簡單，就算買了也沒什麼意義。

（二月十六日）

為了複習過去未完成式（pretérito imperfecto），我仔細讀了描述繪理、安潔拉、馬吉爾和艾力克斯去拉科魯尼亞（La Coruña）旅行時，在電車上發生的小插曲。原來馬吉爾以前住過拉科魯尼亞，所以能說一口流利的加利西亞語（galego），但他的女友安潔拉並不知情，因而大受打擊。比起過去未完成式，我更在意為什麼安潔拉和馬吉爾是青梅竹馬，她卻連這麼基本的事都不知道。

（二月十七日）

我讀到八月號的最後一章，內容是關於時態的一致。大家聊起畢業後的事。安潔拉說想去美國工作、繪理想當日文老師，每個人都有各自的目標，艾力克斯也充滿自信地說「我還沒決定」。真有你的！這一期的講座到九月號就結束了，覺得有些落寞。下田老師的西班牙語發音很流暢，但他老把節目搭檔瑪魯塔小姐喊成「瑪魯小姐」，能夠聽到他那樣的口誤也剩沒幾次了吧。真的很落寞，我可能會去買四月號和五月號。

貼了又撕的預感

聽到寶物，我立刻想到的是，紙膠帶。那原本是建築工地在用的遮蔽膠帶，或是繪圖時，針對某些不想上色的部分，貼在表面遮蓋的膠帶。貼了還能撕起來。請容我大聲地說，貼了還能撕起來。我有很多紙膠帶，多到數了可能會臉色發白，所以我決定不去數。

閃閃發亮、名人設計、在銀座大排長龍、高樓層的邊間、Sky Perfec TV![1]內建HD數位接收器，就像世上一切事物都會主張有各種附加價值，對我來說「貼了還能撕起來」是一種宣傳重點，這個特色在我心中大概有擠進前五名。

為什麼我那麼愛貼了又撕起來？因為我會寫大量的備忘錄。先把約莫A6大的紙寫得密

1. Sky Perfect JSAT股分有限公司經營的收費電視系統。

密麻麻，等到寫了一定的程度，再把備忘錄的部分剪下來，貼到別張紙上。貼備忘錄時，我就會用紙膠帶。為什麼不直接黏住就好，因為之後還要再彙整，我會把相同種類的備忘錄放在一起。同時，利用集中管理的備忘錄來構思故事。有時會根據備忘錄的內容，改變紙膠帶的顏色圖案。

使用紙膠帶之前，我用的是製圖膠帶，那稍微貴了點，顏色只有米色，感覺有些單調。不過，隨著紙膠帶的商品多元化與流行，如今市面上出現形形色色的紙膠帶，就算我經常留意也追不上新貨推出的速度。曾經想過全部買來收集，但那樣的話會買一大堆，買到沒完沒了，這可不行，還是算了！於是，打消了念頭。現在只要買一個，我就很滿足了。

可是，膠帶畢竟是膠帶，就算再可愛，要是沒寫備忘錄，對我來說一點用都沒有。既然如此，我幹嘛買那麼多？或許是覺得，膠帶會讓我產生新的靈感。小時候我有在收集筆記本，那是我的寶貝。收集那個，應該也是基於「寫東西的預感」。即便寫的內容是由自己決定，還沒寫之前，可以自由想像能夠寫出什麼。後來因為從公司拿到大量的回收紙，想寫多少都有，所以把興趣轉移到膠帶了吧。

紙膠帶只有在貼寫好的備忘錄時才會用。剪下備忘錄、用紙膠帶貼到紙上，這個過程我總是樂在其中。那股喜悅感，有點像小時候上鋼琴課，彈琴前做完樂譜的功課，得到老師給的貼紙小獎勵後，那種開心的感覺。

無用的草本生活

我買了太多乾燥香草，收納櫃有一個抽屜都塞滿了香草。我這個人啊，只要是呷意的東西，就會很怕以後買不到，於是狂買一堆囤在家裡。如果是食物，總有吃完的一天，如果是文具，擺著總會用到。反正，這些東西的用途只有一種嘛。只要認真執行它的用途，遲早會用完。但，香草可就不是這樣。它可以煮香草茶，可以拿來做菜，也可浸泡萃取菁華加進化妝水，或是加水稀釋後飲用。還能泡澡，或是裝進布袋放在家中適當的角落用來防蟲。有些香草可用來洗頭，有些可做成漱口水，用途豐富多元。雖然小蘇打和檸檬酸的功用也很多，不過，香草更高深莫測的是，它的種類有數十種，從中挑選兩、三種調配後，就能得到新的香味或效用，實用性堪稱魔王級。

有喝過就知道，乾燥香草的好泡程度大概是紅茶或綠茶的一倍，即使是少量也能泡出濃如「藥湯」的汁液。我總是邊啜飲邊告訴自己，這喝了可以紓緩壓力、改善手腳冰冷或補充維生素C。也不知道是不是我太不會泡，一直泡不出讓我想一喝再喝的味道，所以量都沒怎麼減少。

起初是為了喝才買的香草，有些真的不合口味，心想乾脆泡酒做成酊劑好了（tincture：將植物泡酒，溶出其有效成分的溶劑）。不過，做酊劑也是頗麻煩，裝瓶後要放在陰涼處，每天必須攪拌一次。但，感覺有點像變成魔女，我都會邊攪拌邊竊笑，結果做出一大堆酊劑又不知道該怎麼用才好。不要的香草拿來泡澡就可以用掉不少，可是一想到或許可以那樣用、或許可以這樣用，就沒辦法隨便拿來泡澡。如果說，只能用來喝或泡澡，我可能會勉強選泡澡。然而，除了喝和泡澡之外的用途實在太多，搞不好可以那樣用，每天都陷入妄想。到頭來，只是浪費了好幾個小時在想該怎麼用香草。

混拌數種香草的過程中，確實覺得好像變成魔女，想起那種感覺，又有點想喝了。還是別了，真的不好喝。那些充滿魔力的草葉，實在很想退貨，如果可以，我們還是相見不如懷念。

筆記本搜尋者的心得報告

再和各位聊聊關於筆記本的事。這世上唯一願意聽我講筆記本的《群像》S責編，爽快答應我的提議後，我便開始寫關於這篇文章的備忘錄，大概寫了二十張左右。想說的事寫了一堆，卻不知該從何說起。

左思右想後，就從這兒開始說吧。我平常用的備忘錄，是自己做的筆記本。

最近我覺得最理想的規格是，A6橫式、用釘書機以騎馬釘裝訂的方式釘十五張（全都是印錯的回收紙，裝訂後對摺就變成三十張）。再用特厚的回收紙做封面，在距離裝訂處約八公釐的地方做虛摺線。紙上不另外印格線、圓點或方格，但有附上大方格的墊板。雖然A5也不錯（公司的回收紙通常是A4，對摺後裝訂會比A5小），但在上方寫字時會覺得有點遠，而且前後不好翻動，寫的時候得拉開椅子坐在桌前，這樣很不方便。最後發現好翻、能長時間用相同姿勢寫的A6橫式最適合。至於釘十五張是因為，滾輪裁刀一次最多貫穿三張，加上是用釘書機釘住中間的裝訂方式，如果張數太多，感覺紙會超出封面。由於注重紙張的可動性，我希望每張紙都很好翻開，做成筆記本加上封面的理由是，用左手的手指壓住紙的時候，能壓的範圍太小，左上臂得用力實在很累。用右手寫字時，左手放的位置很重要。我會在一張紙上從頭寫到尾，所以「不是為了寫字，而是為了固定寫字的面積，能夠放左手的封面空間」對我來說很重要。

我重讀了之前寫的文章（頁一五九〈筆記本搜尋者的告白〉），發現有一致與不一致的地方。首先是，因為印有格線而身價飆漲的「測試結果表」回收紙，身價再度下跌。自從用了方格墊板後，不必再另外印格線或圓點，也不用管回收紙的背面印了什麼。再者，之前我也說過線裝最好，但筆記本是消耗品，沒辦法那樣花時間慢慢做，所以最後變成用釘書機大量生產。此外，可以直向打入釘書針的「旋轉釘書機」也是原因。說到這個工具，就我而言，相當於人類歷史上發現火的前後差異。其實那也不是最近才開始賣的工具，我也沒遲鈍到以為是那樣。買「旋轉釘書機」之前，我都是把釘書機整個打開放平，擺一本較厚且紙質軟的舊雜誌墊底，用橫向打入釘書針的方式做騎馬釘裝訂，但這方法很不可靠，經常會釘歪，害我老是為了自己的笨手笨腳沮喪。不過，遇到旋轉釘書機後，一切都改變了。它的釘道能夠九十度旋轉，用原本的拿法就能輕鬆釘好騎馬釘。以往用釘書機釘騎馬釘時的心理障礙，似乎也下降到十分之一以下。感覺就算每天做筆記本也不會厭煩。

當然，滾輪裁刀也是每天都會用到。靠自己的手就能製造虛摺線。這種萬能感真不是蓋的，更重要的是，寫完備忘錄後，可以用手直接撕下來。順著虛摺線，輕輕鬆鬆撕下來。所以說，我每天那麼認真地寫備忘錄，就是為了享受之後可以「順著虛摺線撕下來」的那股快感，這麼說一點也不誇張。

雖然現在都自己做筆記本，並不表示我對文具賣場的筆記本已經不感興趣。我一直都很嚮往市售的筆記本。可是，為什麼拿來寫的卻是自己做的筆記本呢？那是因為，市售的筆記本太讚了。不但兩面都能寫，還印了格線，上半部與下半部有點線，右上方還有可以寫日期的欄位。太讚了，真的太讚了！況且，我寫完備忘錄就會剪下來貼到別張紙上，用兩面都能寫的筆記紙太浪費了。有時就算不小心買了一千日圓以上的筆記本，我也是什麼都沒寫，只是傻笑著邊看邊說封面好硬喔，真棒真棒。

要卯起來拚命寫，必須有符合那些無聊內容的「適度缺陷感」。如果用完好的筆記本或便條紙、便箋寫，我會覺得「這樣的內容適合寫在這兒嗎？」，內心產生極大的焦躁感。然而，用回收紙做的筆記本寫的話，「寫不好就丟掉也沒差」，反而樂得輕鬆，可以沒完沒了地寫下去。於是，在回收紙上卯起來拚命寫的內容成為故事，以此獲得收入，再拿去買很棒的筆記本。回收紙與很棒的筆記本形成永久的循環，而我就處在那樣的循環當中。明年又會出現什麼嶄新的技術。筆壓變弱、寫錯字、上了年紀逐漸萎縮的備忘錄願景，只剩下做筆記本這件事持續地發光發熱。

《勇者鬥惡龍》與我的二十年

請寫一篇關於《勇者鬥惡龍》的文章，自從接到這個請託，我一直持續地寫備忘錄，但開頭的部分就是下不了筆，不知道該從何寫起。開頭必須觸及文章的主題，可是想寫的東西太多，反而找不到明確的方向。總歸一句，就是千頭萬緒。對某個時期的我來說，《勇者鬥惡龍》等於人生的全部，那是在玩「Ⅲ」的時候（順帶一提，我還沒玩過「Ⅸ」，而且根本沒買。因為我知道自己一定會玩過頭，現在很忙只好避開。這點自知，我還是有的）。

聽朋友說過，她班上的同學在《勇者鬥惡龍Ⅲ》發行後，近視的人頓時變多。想想，我的確也是從小學五年級開始戴眼鏡。那時我每晚都會看書，又愛打家庭遊戲機（俗稱紅白機），所以不完全是玩《勇者鬥惡龍》的關係，不過如今聽了朋友的話，莫名地感到認同。當時《勇者鬥惡龍Ⅲ》已成為我生活的一部分。

比起和班上同學玩的回憶，我更清楚記得，想到要從書店前走回家很麻煩，曾經脫口說出「魯拉[1.]」。在雷貝村買到「刺鞭」時，真的超開心。從電視上看到蓋亞那大洞窟時的震驚。發現梅剛迪[2.]對索瑪大魔王[3.]起不了作用，內心大受打擊。在艾吉貝亞城收集到三顆岩石的興奮。為了累積經驗值，不斷讓泥手[4.]呼叫大魔神的倦怠感。知道提頓村的白天與黑夜如何變化，當白骨交出最後的鑰匙後消失的瞬間，那種悲傷的心情。

和我一樣，短短幾秒就能想起這些事的人應該不少。對某個年代的人來說，每天就像活在《勇者鬥惡龍》的世界。而且不光是那樣，一聊起用哪個咒文這樣的話題就可以聊上一個小時。有人說他至今仍記得，只要學會伊歐拉[5.]，戰鬥的時候就會很輕鬆。但對我而言，那

1. 魯拉，瞬間移動的咒文。
2. 梅剛迪，犧牲自己的生命擊倒敵人的咒文。
3. 索瑪大魔王，《勇者鬥惡龍Ⅲ》最後出現的魔王。
4. 泥手，不斷呼叫同伴的敵人。
5. 伊歐拉，攻擊敵人的咒文，在敵人頭上引發大爆炸。

是美拉米[6]。發現倍加爾特[7]的效果後，經常使用間接咒文。有些人遇到狀況就用拉里荷[8]，也有人會用皮歐里姆[9]。聽說朋友的父親沒找到最後的鑰匙，在學會開門咒文阿巴卡姆前，默默地提升了等級。我對夏魯達克有印象的是，那是魔法師等級達到二十才能學的咒文，等級二十，換句話說，那是可以轉職的等級。我是在海上學會的，黃金國的南方海上。

大概是從小五開始玩的《勇者鬥惡龍》，似乎操控了玩家的人生。某位小我三歲的編輯也曾提到《勇者鬥惡龍V》，她自顧自地講了約一個小時，從貝殼帽講到傑漢納村。她是裝備迷，只要去到某個村，就會買最貴的裝備給所有隊員。在玩ＤＳ版[10]的Ｖ[11]時，我也想過要那麼做，對邀請來者不拒的我，最後竟然有三隻爆彈寶寶[12]，無力負擔高額裝備費的我，呈現半放棄的狀態，最後索性不玩了。而且奇美拉的長相太嚇人，也令我吃不消。原本是為了它的能力才用，後來真的受不了。聽別人說「我得到布歐[13]了」或「我得到塔克[14]了」，我卻在奧拉克屋的門簾[15]爭奪戰慘敗。看來是露出本性了。

撇開我的失敗經驗，我想「Ｖ」是裝備迷的女編輯小五或小六時的作品。「Ｖ」操控了她人生的一部分，這麼說應該不為過。

「成為人生中一部分的《勇者鬥惡龍》」，雖然「Ⅲ」沒什麼了不起，但「Ⅲ」在各種部分是很創新的遊戲。好比電池備份、白天與晚上的變化、可以設定所有角色的名字、職業系統、轉職系統、露依達酒店、魯拉、灼燒氣息、凍氣波動、種類豐富的間接咒文、移民之町的擴大等等。身為一名玩家，只舉出這些似乎沒什麼意義，不過「Ⅱ」和「Ⅲ」的差異真的很明顯。我認為那個差異是其他系列不曾有的規模。相當沉迷的我，同時生活在現實社會與

6. 美拉米，攻擊敵人的咒文，朝敵人丟出大火球。
7. 倍加爾特，增強某位同伴攻擊力的咒文。
8. 拉里荷，讓敵人睡著的咒文。
9. 皮歐里姆，讓所有同伴動作變快的咒文。
10. DS，「任天堂 DS」掌上遊戲器的簡稱。
11. V，《勇者鬥惡龍V》可以把對抗的敵人變成同伴。
12. 爆彈寶寶，雖然外表可愛，升到最高等級還是沒什麼幫助。
13.、14. 布歐、塔克，很可靠卻不易成為同伴的怪物。
15. 奧拉克屋的門簾，三隻荷伊明史萊姆連在一起的防禦裝備。

《勇者鬥惡龍》的世界，滿腦子只記得《勇者鬥惡龍》的事，平淡乏味地度過了小學高年級。

這麼說來，《勇者鬥惡龍》似乎奪走了我的一切，不過當時有遊戲雜誌針對《勇者鬥惡龍Ⅲ》的發行舉辦了自創裝備或劇本的活動，那對我有很棒的影響。雖然我沒參加，邊讀雜誌邊幻想就已經很滿足。有些參加者想出了數百個咒文，如今還真想看看，當時那本小冊子登出的照片，以及從簡單的標題無法得知的作品內容。然後現在的我應該還是會想，我也想那樣試試看。《勇者鬥惡龍》豐富了我的想像力。

就算只有《勇者鬥惡龍》，光是這樣就很幸福了。以前史密斯樂團（The Smiths）的主唱莫里西（Morrissey）聽到歌迷自殺的事後，只說了一句「他有史密斯樂團已經夠幸福了」。我覺得《勇者鬥惡龍》有那般權利的人，或許比莫里西還多吧。即便沒有《勇者鬥惡龍》，我應該還是能度過單調枯燥的小學高年級生活，只是我能有像這樣寫滿稿子的回憶嗎？如今我也三十一歲了，回想以前在班上經歷過的事，對現在的生活毫無幫助，就算不記得也沒差，除非寫成小說。也許我就是在那時候明白了，有些事就算不合理還是得忍耐。不過，《勇者鬥惡龍》真的很好玩，在我晦暗的小學生活中，僅剩這段回憶閃閃發光。

我常在想，以後我會變成沒有任何樂趣的頑固老太婆。不過，只要《勇者鬥惡龍》持續存在，即使變成頑固老太婆，說不定我偶爾還是會眼神發亮地玩遊戲，感覺自己還活著。我想，沒有其他娛樂能帶給我如此豐富的感受了。不必主張自我意識等庸俗的事，徹底放鬆、為故事感動，不需要傷害任何人，全心投入地玩，踏上一次次的旅程。

二十年前也曾和朋友聊起《勇者鬥惡龍》，二十年後遇到剛認識的人，同樣聊起《勇者鬥惡龍》。希望再過二十年，甚至四十年，還是能和別人聊《勇者鬥惡龍》。

皮克斯（PIXAR）的三部動畫

我人生中最後悔的第一件事就是，沒有拚命學好英文，去皮克斯動畫工作室（Pixar Animation Studios）應徵。若要我舉出三部最喜歡的電影，全都是皮克斯的電影。《天外奇蹟》也已經在日本上映（寫這篇文章時，我還沒看過就是了）。即便如此，還請各位多多包涵，讓我說說關於皮克斯電影的事。

①《瓦力》（***WALL-E***）二〇〇八年

一開頭就出現《你好，多莉！》（*Hello, Dolly!*）[1.]這首歌，畫面帶入滿是垃圾的地球。已經在地球上清理垃圾七百年的機器人瓦力，隨著輕快的音樂搖頭晃腦。

光是這段開頭已是傑作。品質向來維持高水準的皮克斯，差不多也該出包了吧，儘管看得膽戰心驚，說不定這就是第一名。

要說哪裡好，以生動的畫面來舉例，說也說不完，總之故事的鋪陳相當流暢。垃圾地球↓太空船的背景移動令人驚豔，從垃圾地球逃進太空船後，懶散了七百年的胖子人類過著單調乏味的生活，以及女主角女機器人伊芙的角色設定，粗魯遲鈍、滿腦子只有工作的她，有時白目到令人想翻白眼，比起由真正的女演員詮釋，使人聯想到「我認識這種女人」的部分多到數不清。當初這部作品是在怎樣的討論中誕生的呢？導演是《海底總動員》（*Finding Nemo*）的安德魯史丹頓（Andrew Stanton）。

---

1. 百老匯著名音樂劇，由傑瑞赫爾曼（Jerry Herman）創作詞曲、麥可斯圖爾特（Michael Stewart）編寫劇本。本劇是改編自美國劇作家桑頓懷爾德（Thornton Wilder）於一九三八年創作的滑稽劇《揚科斯商人》（*The Merchant of Yonkers*）。

②《超人特攻隊》（*The Incredibles*）二〇〇四年

如同片名的原文《The Incredibles》，感覺就像一家都是X戰警（X-MEN），或是全家都有超能力的辛普森家庭。故事發生在像《守護者》（*Watchmen*）那樣禁止自保行為的世界，超能力家族如何在夾縫中求生存。尤其是描寫身為父親的超能先生（Mr. Incredibles）在保險公司上班的情況，以及大女兒小倩陰鬱青春期的部分非常出色。

雖然這是描述普通家庭重生的故事，但全家人都有超能力的奇妙設定，爭執或團結的場面也令人捧腹大笑，這樣的安排非常有趣。導演是《鐵巨人》（*The Iron Giant*）、《料理鼠王》（*Ratatouille*）的布萊德博德（Brad Bird）。

③《怪獸電力公司》（*Monsters, Inc.*）二〇〇一年

這部片是由第一段中提到的《天外奇蹟》的導演彼特達克特（Peter Docter）所執導。嚇小朋友、用他們的尖叫聲換取能量的電力公司，從宣傳廣告到公司內部的裝潢等細節都很完

美。以事件的始末作為故事背景，費時費工地用電腦描繪，精緻細膩的線條也很講究。

工作遇到瓶頸時，我就會看ＤＶＤ裡導演與約翰拉薩特（John A. Lasseter[2]）等四位製作者的評論。至於他們說了什麼，簡而言之就是，徹底思考，放手去做！這確實激勵了我，使我產生勇氣。

2. 美國動畫師、電影導演、皮克斯動畫工作室和華特迪士尼動畫工作室的首席創意顧問。很多人把他看作「當代的華特迪士尼」。

棒球少年向前走

二〇〇九年八月十三日，我被帶去看夏季甲子園高中棒球賽。出社會之後，暑假縮短了，在短暫的暑假裡我仍做著別的工作，或是閒在家休息，根本沒心思去管什麼「高中棒球賽」。這樣的我有資格看嗎？儘管遲疑，我還是搭上了阪神電車。那天真的很熱。

走出甲子園車站後，立刻看到有人在賣結冰的礦泉水。我也帶了五〇〇毫升的結冰水，看來這樣應該不夠，我趕緊衝去買。邊走我邊想，甲子園已經有很久的歷史了啊。也不知道是不是官方許可，隨處可見到販賣周邊商品或食物、飲料的攤位，簡直像來到廟會。

首先，我被帶到甲子園球場附近飯店的一間房間，那兒感覺像是出版這本書[1]的事務所。房裡的床等雜物都被清空，擺了一堆桌椅，還有影印機坐鎮其中，有種刑警埋伏監視的氛圍，看了讓人很興奮。據說高中棒球賽期間，記者們得一直在這樣的房間和甲子園球場、飯店來回奔波。偶爾去車站前的大型超市「daiei」是僅剩的樂趣。心情還是會晦啦、過著像地方混混的生活，聽到這樣的話真教人鼻酸。這裡好像基地喔，聽到我那麼說，處理照片的那間更像基地喔，於是我又被帶往另一間房。那兒放了八台左右的電腦，負責處理照片的人只有一位。無聊時就拿來彈一下，那個人偷偷把吉他和非洲傳統樂器拇指琴（Kalimba）帶進來。製作這本書的人也都在奮戰。

因為基地實在太有趣，可以拿來寫的資料已經很多，當然還不能就此喊卡，接著我又被帶往甲子園球場。

進入球場的建築物後，最先遇到的是，剛結束當天第一場比賽的選手。氣氛頓時變得嚴肅。那場比賽是東北高中對倉敷商業高中。我邊看著輸球的倉敷商業高中的選手們慢慢走過眼前，「我真是太隨便了」、「對不起」、「我會反省」，心底反覆出現像這樣無意義的自問

1. 這本書是指，二〇〇九年九月五日出刊的《週刊朝日增刊》。

自答，深感內疚。很抱歉形容得如此言不及義，但我真的覺得被一股氣勢包圍。唯獨選手們走過的地方，像是延續著另一個帶狀的次元，衝擊力十足。左思右想，這是我從未遇過的情況。

我邊反省邊走向觀眾席。擋球網後的記者席很有趣。那不太好說明，看來就像是把補習班的自習室或大學教室的課桌椅搬到戶外的感覺。桌沿有開關，按了可以控制燈光的亮滅。我暗自幻想，不會有人叫我在這兒做毫不相干的工作吧？我應該也不會被氣氛感染而卯起來寫稿吧？偶爾會感受到太陽灼熱的照射。坐著看球賽的我們倒還好，選手們得待在沒有屋頂遮蔽的烈日下，真難想像他們會有多難受。

後來，我又移動到三疊側的觀眾席。因為已經是今天的第二場比賽，這兒是德島北高中的加油區。移動過程中，走進有涼爽空調的建築物內，一進到裡面或許是溫度的差異，腦子有些昏沉沉，可見外頭的天氣有多熱。

到處走走看看，發現甲子園球場內的美食街攤位超多，不禁讚嘆。再次感受到，啊～這裡好像整年都在辦廟會，有點羨慕起喜歡棒球的人。店家多到快變成一條小型商店街。原以為大概只有賣炒麵或大阪燒、刨冰之類的小吃，我實在太小看這兒了。除了那些，還有賣義大利麵、瑪芬等，那已經是咖啡廳等級的餐點了。便當看起來也超好吃，種類應該比新幹線的新大阪站還多。說到這兒，午餐我點了工作人員與記者專用食堂的豬排咖哩飯來吃，乍看覺得分量很普通，其實那盤子很深，這恐怕是我今年夏天第一次覺得吃不完眼前的食物，頓時有點皮皮剉。大家都說甲子園裡住著怪物[2]，沒想到我在這兒也見識到怪物。

加油區的大觀眾席籠罩著一股不同於擋球網後方的熱氣。每次看電視轉播我都會想，選手們是很厲害，但演奏加油歌的銅管樂隊學生也很厲害。可愛的女孩在大太陽下靜靜地抱著像是超大螢光燈或白色眼鏡蛇的樂器[3]。該怎麼說呢，這種苦撐的感覺，就會讓人覺得啊～這就是甲子園。前方有指定曲名的大板子，以及用斗大的毛筆字寫上打擊選手名字的旗子。

2. 相傳在代表高中棒球聖殿的甲子園球場住著棒球怪物，它會挑選某支球隊，幫助他們獲勝，創造甲子園奇蹟。
3. 名為「蘇沙號（Sousaphone）」的樂器，是室外樂隊最常使用的低音樂器。

加油區的人看到那個，就會開始加油。

雖然過時，那一連串的過程卻也相當合理，讓人看了很感動。然後，並不是為了特定高中來看球賽的阿北們，也會跟著大喊選手的名字，「〇〇加油，快打！」。

最後，德島北高中以二比〇的成績敗給日本大學第三高中，不過這場比賽很精采，根本不懂棒球的我失神地這麼想。之後，我又回到原先的基地，擠在那兒的女記者們一臉興奮地說著「第二場比賽有看到嗎？真是太精采了！」，果然是精采的比賽啊，無論是看過許多場比賽的人，或是沒看過幾場的我都確實感受到了。比賽結束後，我去看了選手與教練的訪問。帶我來的記者積極地向教練發問。聽說德島北高中的投手阪本，那天正好是他生日。教練用輕鬆的口吻說「好家在，不是以二十比〇的分數輸掉」，從他的話中感受到對選手們的體貼。

第三場比賽結束後，選手們跑到加油的觀眾席打招呼，至今我仍記得，和我坐在一起的女責編說，他們正閃閃發光呢，那句話似乎不是在對任何人說。就是說啊，雖然說不出個所以然，高中棒球的選手，個個都很閃亮。

太神了！從甲子園回來後，我跟許多人那麼說過，儘管那樣說很含糊，直到現在我還是只能那麼說。為何會有那種感覺？為了確認理由，人們走進甲子園，在一無所知的情況下持續受到感動。選手們更是保持靜默，一心只以甲子園為目標走進那兒。雖然那是人類建造出來的地方，當靜默的少年走進去之後，就變成了某種聖地。那種不可思議的感覺，這次我真的徹底領教到了。

以後我會認真地看高中棒球比賽，此刻也正在看電視轉播。或許無法再親眼見到第二次，那群默默無名的少年，只是專心打球，與觀眾進行心靈的交流。

外行人眼中的歐洲足球

獨立電影《小人物狂想曲》（*American Splendor*）中有這麼一幕，去教會的人被問到，你為何來這兒禱告，那人回答「我相信比自己還偉大的存在，那會使我成為開朗的人」。當初聽到這句台詞，總覺得似懂非懂。如今我終於明白，雖然不是從最尾端，自己不也正慢吞吞地追隨著歐洲足球。我不知道有沒有成為開朗的人，但比起過去只會在腦中思索抽象的事物，現在確實變得比較外向。

二〇〇六年，當足球熱潮退燒後，我自以為應該會淡忘一切。後來卻衍生出對足球的疑問。當初我想弄清楚到底發生了什麼事，最根本的原因是席丹（Zidane）的頭槌事件[1]。那天，我邊打盹邊看法國與義大利在凌晨進行的決賽，突然間出大事了。我心想，代誌大條啦！接下來不知道會如何發展。然而，之後又頻頻發生許多以我貧乏的想像力無法聯想的事，於是我一直抱著「系安抓？」的疑問過了三年半以上。到最後，之所以會膩是因為，出現的人實在太多，我想這輩子我都弄不明白，那個世界太複雜了。

第一段曾提到「最尾端」，坦白說，我是只看新聞的書房派[2]，還不是客廳派喔。大概已經一年沒有好好看過一場球賽。因為沒申辦CS（直到二〇一二年已申辦J SPORTS[3]），只好拜託朋友幫我錄成DVD，可是等到有空看的時候，卻又覺得現在才看實在沒什麼意義，而且也不好意思告訴朋友「那個齁，你沒有封片、DVD播放機播不出來欸……」。重要的比賽就上網看。但，面對不會操作的軟體，看到畫面上難懂的指示，搞不清楚到底發生什麼事，最後還是只能仰賴文字，因此朋友還給我取了「足球書呆子」的超冏綽號。不過，

---

1. 二〇〇六年世界盃決賽，法國知名足球員、前國家隊隊長席丹在延長賽下半場與義大利球員馬特拉齊發生口角，他用頭撞對方胸口，被罰紅牌出場。
2. 只談理論不採取實際行動的人。
3. 日本的衛星節目大致分為BS及CS兩種。BS指的是廣播衛星（Broadcasting Satellite），CS是指通訊衛星（Communications Satellite）。

就算只是涉獵周邊的事，已經相當有趣，對我一成不變的生活來說，那是每天的精神糧食。

儘管是最尾端的無知觀眾，只靠文字得到的資訊，我還是擁有能與他人侃侃而談的知識，那些知識幫了我不少忙。加上朋友的西班牙人老公、編輯、記者、相隔五年才見面的朋友等，也在各方面給了我不少幫助，讓無知的我增長見識。

跟別人聊天時，「只要看到小勞勃道尼（Robert Downey Jr.）出場，馬上就會覺得他是犯人不是嗎？結果不是他，害我看得霧沙沙。最後只剩馬克盧法洛（Mark Ruffalo，美國男演員、導演，在《復仇者聯盟》中飾演「浩克」。）的黑褲子和胸毛。那就甭提了。」（這是最近我對電影《索命黃道帶》（*Zodiac*）想不透的地方），與其扯這些，還不如一句「不知道前足球員泰利怎麼樣了」來得吸引人。原來，大家還是很關心足球嘛，再次曝露出我的菜鳥心態。我甚至認為，只要聊足球就會感覺很成熟，我是真的這麼想喔。比起選舉、比起新鮮人的起薪，還是足球第一。

像黑洞般吸納萬物，像超級新秀那樣散發異樣的光芒，歐洲足球的存在宛如變化莫測的巨浪。上個球季的某個閃耀之星瞬間殞落，反之，已經差不多了的某選手卻又再度復活。常勝軍隊伍輸得莫名其妙，在球季中段前一直表現很差的隊，居然愈踢愈好。發現時已被封殺、死不向教練道歉、繳罰款、說要蓋主題樂園，感覺像有高血壓的佛格森（Ferguson）、碎碎念的溫格（Wenger）、必須讀五次左右才能搞懂他在說什麼的穆里尼奧（Mourinho）[4.]。

在那個發生什麼事都不覺得異常、不管誰在那兒也不覺得奇怪的足球場上，洋溢著超乎大眾渺小欲望、一切交由命運安排的嚴肅感，以及令人想狂呼「水啦」的興奮感。一臉蠢樣的我即使狀況外，還是很想大喊好厲害。歐洲足球使我變得熱血澎湃，找不到還有什麼能讓我有相同的感受。

4. 佛格森（Ferguson）為已退役足球運動員及總教練。溫格（Wenger）為法籍知名足球教練。穆里尼奧（Mourinho）則是葡萄牙籍足球教練。皆在世界足壇享有高知名度。

二〇一〇年的世足賽

又到了莫名想看有趣阿兜仔的季節。在日本，即使是小組賽的運動比賽，也能看到選手的髮型變得很搞怪，有的像是艾托奧（Eto'o，喀麥隆足球員，現效力於義甲俱樂部桑普多利亞。），有的像是頭上頂著山，變化多到令人眼花撩亂。

趁此機會學習一下關於足球的事，為了下次的巴西世足賽做準備，當然也有人是想要長期接觸足球。不管是抱著怎樣的念頭，有件事我要大聲地告訴各位。想找有趣的選手，請聽我的建議：1. 人際關係還不錯的選手。2. 很會打架的選手。3. 年輕人。我喜歡的選手幾乎都和教練吵過架或是打過架，要不就是已經老了，所以沒辦法參加世足賽。雖然花了四年的時間記住許多人的名字，但我並沒有很期待世足賽。想從這次的世足賽讓自己變得喜歡足球的人，請認真尋找：「不會和教練吵架、人際關係看來不錯、身體強壯、前途有望的年輕人」。

此外，除了亞洲與非洲國家的選手，其他國家的選手有時轉眼間就禿頭了，這點請銘記在心。四年固然漫長，掉頭髮的速度也是很快。尤其是荷蘭代表與英格蘭代表，必須格外留意。

這麼說來，曾經讓我覺得很嗨的「遠藤保仁夢抱枕」，最近不知道怎麼樣了。日本選手都很優秀可靠，但身邊也沒什麼人再提起抱枕的事。對了，其實寫這篇文章是因為，《昂》月刊編輯部拜託我幫忙買抱枕，但我卻用「我沒辦法，大阪飛腳（Gamba Osaka，日本職業足球俱樂部）CLUB HOUSE的取貨日那天是國定假日」這種自私的理由回絕。後來覺得有罪惡感，所以還是答應了。不過，假日還是想待在家休息啊，真後悔幹嘛不上網買就好。

除了夢抱枕，還有鬥莉王致德羅巴（Drogba）的道歉信[1]等，從世足賽開幕前，日本選手

1. 田中鬥莉王／田中マルクス闘莉王，日本職業足球員，日本在與象牙海岸的世界盃熱身賽中，鬥莉王用膝蓋重擊象牙海岸隊長德羅巴。

們已經頻頻製造話題。星期天看中田英壽與本田圭佑的對談、星期二拿抱枕、星期三是道歉信，還有Matsuko Deluxe（マツコ・デラックス，女性專欄作家、主持人。）對長友選手[2]的關注，真是沒完沒了，難道這在某種意義上，也算是開幕前一週的高潮。儘管內心有些不安，所幸最後沒出大事，還能和別人閒聊「你有在看足球嗎？」，多謝老天保佑。松本安太郎和塞吉歐越後（Sergio Echigo）進行解說的時候[3]，你一言我一語，唇槍舌戰、互不相讓。

對了，所以說，也不用為了打發時間，認真去找goo網站製作的帥哥圖鑑有多少錯誤。「盧卡托尼（Luca Toni，義大利足球員，二〇〇六年世界盃冠軍隊成員。）要不是被選為代表，哪算帥哥啊」，為此氣憤不已的朋友和我決定自己做真正的帥哥圖鑑，根本沒人拜託我們，卻誇下海口。首先入圍的是「以前的坎比亞索（Cambiasso）」，明知世事無常，我們仍執意做下去。隸屬國際米蘭（Football Club Internazionale Milano）的阿根廷代表坎比亞索（這次沒入選）已經變成頂上無毛的選手，過去髮量豐盈的他簡直是少女漫畫裡走出來的人。到頭來，最美的事物總是轉眼即逝，我們從坎比亞索身上領悟了這個真理。根本沒人想知道，還說得那麼詳細。

說到國米，我朋友喜歡的迭戈・米利托（Diego Milito）在歐冠聯賽（UEFA Champions League，縮寫UCL）的決賽踢進兩分，也被選為此次世足賽的阿根廷代表。他那麼棒，說不定會被找去拍廣告！情緒亢奮的朋友為了和「狂燃的火燄—比利亞（Villa[4]）」一較高下，想出「迷失的濃霧—米利托」這樣的廣告詞，自顧自地想像起廣告情節。畫面中一團濃霧，完全看不到米利托。就算他再不起眼也不用搞成那樣吧，抱歉這麼說很失禮，也許那是身為粉絲的朋友刻意的謙虛。希望他在這次的世足賽也能好好表現，讓日本人驚嘆「原來大家口中的王子[5]是長這樣啊。阿兜仔的品味真令人搞不懂」。

---

2. 長友佑都，現效力於義甲球隊國際米蘭，日本國家隊成員。
3. 松木安太郎，為前日本國家足球隊成員；賽吉歐則曾為職業足球員，兩人目前皆為日本足球評論員。
4. 西班牙足球員，目前效力於美國職業足球大聯盟俱樂部紐約城，是西班牙國家隊史上進球數最多球員。
5. 「王子」是米利托的綽號，因為他長得和烏拉圭足球員恩佐弗朗西斯科利（Enzo Francescoli Uriarte）很像，而弗朗西斯科利又被球迷稱為「烏拉圭王子」。

七月也是我阿公過世的月分。想知道阿公過世幾年了很好算，因為他是在日韓大賽[6]決賽那天深夜離開的。奧利佛・卡恩（Oliver Kahn[7]）走到球門一臉沮喪的神情令人看了不捨，就在那時，醫院打電話來通知阿公病危的消息。

此後，每次只要看到世足賽的影片，我腦中總會想起看完日韓大賽的決賽後，騎上腳踏車出門的回憶。想起那個夏夜在路上發生的事。等決賽結果出來才過世的阿公，真是個好人，現在我更加這麼覺得。

6. 第十七屆世界盃足球賽（2002 FIFA World Cup Korea/Japan），二〇〇二年在韓國和日本舉行，這是歷史上首次由兩個國家聯合舉辦的世界盃足球賽，也是首次在亞洲舉行的世足賽。

7. 前德國足球守門員，當代最成功的德國球員之一，歷史上首位及唯一一位贏得世界盃金球獎的守門員。

「San Marco」的包容力

「San Marco」是以關西地區為主要據點的咖哩連鎖店。聽說在關東、中部地區也有幾家分店。在我的行動範圍，像是阪急三番街、NAMBA Walk[1]、新幹線新大阪站、梅田大丸百貨的地下一樓等，倒是滿常看到這家店。除了咖哩的味道很棒，葡萄乾或鳳梨、堅果等佐料的種類豐富更是特色。

說到咖哩店，比起這家，我有更喜歡的店。但即使不常去，每個月總有一次會因為想吃而去。上個月也是從東京回來後，想說得找個地方解決晚餐，懶得想去哪兒吃，最後又晃進新大阪車站內的店。在那家比其他分店大了兩倍以上的店裡，我邊吃著茄子番茄咖哩，邊放

1. 以地下鐵御堂筋線難波站為中心向東西延伸的購物街。

鬆地想著，啊～回到大阪了。

我時常經過梅田大丸百貨地下一樓的分店，那兒算是我最熟悉的一家店。在我的小說中出現的那位，吃茄子咖哩還加茄子當配料的男性是真有其人，我就是在那家分店遇到他。當時聽到他的點餐，我也和小說的主角一樣懷疑自己是不是聽錯了。不過，看到那位和自己年紀相仿的男性，笑咪咪地一口接一口吃著茄子咖哩，不知為何有種幸福感。

吃茄子咖哩的男性，看起來也是結束工作要回家的樣子，我想他來這家店，應該也是為了工作去了趟東京。對我來說，「San Marco」不是好日子會去的店，而是在工作滿檔的日常生活中帶給我力量的店。當工作告一段落時，那兒可以讓我稍微喘口氣。所以，在《白領紀要》（ワーカーズ・ダイジェスト）這本小說裡，主角們想要敞開心胸聊一聊，自然會去「San Marco」，這是一定要的啦！

Ⅳ 上班族作家

購物商場大探險

《愛幻想的去向》（カソウスキの行き方）這本小說的創作靈感來自於購物商場，還記得那是發生在二〇〇六年九月的事。聽說箕面市有家很大的家樂福，我想去看看，小學好友小Y這麼說。雖然我和小Y不常買東西，但我們很愛逛購物商場之類的地方，經常相約逛商場，每次去多半是付餐費。我不清楚小Y為何喜歡逛購物商場，我是因為覺得那兒很新奇。我家在老街附近，超市是有幾家，不過買不到的東西就得分頭去不同的店買。通勤路線經過的那一帶也是如此。假如某天想買漂亮的花布和香氛蠟燭，就要分頭去某飯店內販售進口商品的布店，以及有賣我喜歡的香氛蠟燭的生活雜貨店。然而，通勤路線會經過的梅田，西向與北向距離遙遠，大概有地下鐵車站一站那麼遠。因此，怕麻煩的我必須決定好那天到底要買花布還是蠟燭。可是，去購物商場就省事多了。頂多就是從西棟走到東棟，不過如此而已。

不必走很久就能看到形形色色的商品陳列在同一區塊。我覺得購物商場很像角色扮演遊戲中出現的城鎮。已經不是逛街，而是造訪小鎮。在我眼中，這場景像極了《勇者鬥惡龍Ⅳ》裡，蘿莎莉希爾村那位老在方格內到處移動，獨自經營武器店、防禦裝備店、道具店及教會的阿北（這是ＤＳ版的樣子，如果是以前的家用遊戲機，我忘記是什麼樣子了，金歹勢）。就連在遊戲裡也很懶的我，當初發現那位阿北身兼多職，真的很佩服。好想問他，你怎麼有辦法進到「殺龍劍」那種強大的武器？當神父是為將來的生活做準備嗎？要是後者的理由真被我說中了，我想告訴阿北，我懂你！

先從最近的車站前往公車總站，再搭乘接駁專車抵達那間家樂福所在的購物商場「visola」（已改名為Q's MALL）。光是這段路已經花了一小時以上。總站的所在地千里中央，那兒的街景看起來也很奇妙。宛如開發中的商辦區，大樓很矮卻井然有序，隱約有種不願屈就現實改變的感覺。還有，道路也很寬敞。坐在公車上環顧四周，看到的建築物大概只占三成，接著進入一處巨大的購物商場。這令我想起沙漠中的拉斯維加斯。在空無一物的廣闊大地上，大城坐落中央，這似幻似真的景象好吸引人。

抵達時大約是下午兩點。我和小Y先去看了一下購物商場的導覽圖，見到上頭標示的店家數量，心情立刻變得像是遇到難題的考生一樣。來這兒其實沒有任何目的，所以我們都不知道該去哪兒，真想拋開接下來要去哪兒的問題，直奔我們常去的那家在大阪市內、以麵包吃到飽為賣點的餐廳。到沒去過的店看看吧，想起自己從未有過那樣的念頭，真是悲哀。在那家店，我會說說對將來的不安，小Y則是抱怨公司的事，我們總是聊著這兩個話題，然後一如往常地說，唉～如果很累就別做了。然而，走出那家在大阪市內、店內空間很大、麵包補得很慢的餐廳，我和小Y對於購物商場的複雜構造，以及放眼望去都是店的景況完全陷入驚呆的狀態。購物商場有沿著流水鋪設的石板路，見到小朋友在那兒玩水，想著「要去哪兒好」想到累的我，忍不住跟小Y說，我們去那裡玩好了。既然我們是為了家樂福來的，那就去那裡吧！聽了小Y的提議，我們前往家樂福的所在地。

家樂福的食品賣場，簡直是主題樂園。看到陳列的商品數量，不禁心想人類居然吃了那麼多種食物，而且或許是賣場同時也是倉庫的關係，相同商品擺在同一個貨架上，排列得像蜂巢一樣整齊。看上去實在很壯觀，我直盯著塞滿了袋裝奇巧巧克力（Kit Kat）的貨架看到入迷。那個賣得很好嗎？有效期限到什麼時候？先撇開這些不談，那景象宛如藝術。看到許多相同的東西排在一起會興奮的人，推薦你一定要來看。

後來，我們也去逛了家電及服飾賣場，再大的物品都有能夠完整收納的空間，但我們倒也沒聊想買什麼，只是很滿足地邊走邊看，然後就從那邊的出口走出了家樂福。要說這類型的購物商場哪裡好，我認為是無論二樓或三樓都有出入口可通往連接外面的天橋。那正是探索的樂趣。隨意走下看到的樓梯，來到意想不到的地方，或是重回幾分鐘前才待過的地方。雖然那種情況在都市裡也會遇到，但次數沒那麼頻繁。這兒和那兒居然是相通的，這種意外的發現往往使人很嗨。這就像是玩遊戲時，想和那個人交談、想拿到那個藏寶箱，帶著這樣的想法在城鎮或洞穴裡東張西望，結果發現沒走過的樓梯，心中頓時湧起一股興奮之情。

眼見逛得差不多了，我和小Ｙ盡可能往沒人的地方移動，我們邊走邊聊，在這種沒什麼人的地方開的店到底都在賣什麼、有那個需求嗎？最後的結論是，「就是賣給有錢有閒的人」。後來，我們走進為了慶祝今天開幕、咖啡一杯一百日圓的咖啡廳，繼續聊對將來的不安、對公司的抱怨。喝著不是平常喝慣的咖啡，閒聊一會兒後，走出咖啡廳時，天氣已暗也變冷了。往石板路旁的流水瞥了一眼，在建築物與建築物之間看到購物商場以外的風景。那兒很暗，只有幾間民宅，我和小Ｙ忽然間害怕起來。接著小Ｙ說，這附近好像沒有可以投宿的地方，要是沒公車搭怎麼辦？原本下午的歡樂時光頓時消散，我們小跑步地奔向搭接駁車的地方，逃也似地離開購物商場。心中的恐懼好比累得半死進入洞穴，走到一半想回頭又不太記得路那樣。不過，我和小Ｙ搭公車回到千里中央後，又隨意晃進那兒的購物中心仍在營業的店家，最後非常滿足地踏上回家的路。

我的小說經常是以喜歡的事物為主題。儘管內容不是那麼幸福美滿，基本上背景設定都是我喜歡的場所。因為喜歡購物商場，便把它寫進小說。能夠出版成書，我滿心感謝。說真的，我很想再多寫些關於購物商場的事。希望有機會能讓喜歡購物商場的人，或是沒那麼喜歡的人讀讀看。

「順勢」的旅行

說起「寫稿」這件事，我記得約莫一年前，寫過關於《愛幻想的去向》的散文。為了確認，我重新讀了一遍。文中寫到許多事，基本上是因為朋友小Y找我去逛箕面市的購物商場，之後我便創作出《愛幻想的去向》。在《愛幻想的去向》裡去的購物商場，是小Y開口才順勢去的。然後，在《綠蘿之舟》裡去的奈良，也是小Y開口才順勢去的。這麼說來，難道我的觀光行動都是建立在「小Y開口才順勢去的」。左思右想了一番，的確沒錯。不管是看電影或美術展、去餐廳吃飯等，想看這個、想吃這個，即便有明確的選擇，對於大範圍的場所，我倒是沒什麼個人欲望。就算知道那兒有什麼、是有什麼特色的地方，一旦沒有具體的目的地，像是某某店、某寺廟等，我就不會有想去的念頭。小Y則是很注重感覺的人，比起「因為別人開口才順勢去」的我，她的「順勢」指數更高。只要有了想去這兒看看的想法，她會毫不遲疑、順勢出發，通常我只是跟著去。前往全然未知的地方，其實滿有趣的。今年的新年參拜，我們去了奈良櫻井市的三輪神社（大神神社），關於那個地方，小Y只說了一句「聽說整座山都是神社」。至於怎麼去櫻井市，由我負責查。到了車站，跟著大家走就好啦，小Y這麼說也對，那就這麼辦吧。於是，我們跟著下了公車的人群走，不知不覺穿過了鳥居。感覺整個城鎮都在神社的管轄內，鎮上矗立著大鳥居，穿過那兒會變得怎樣呢？結果就是這樣，我和小Y竟在不知不覺間混入離開神社的隊伍。不過，這種事對我和小Y已經是見怪不怪，我們完全不著急，從容不迫地往回走，再次穿過鳥居。

光是新年參拜就扯了一大段。自我懂事以來，第一次去奈良是兩年前的二月。

我想去奈良，當然這又是小Y的提議。想去奈良的哪裡？我是很想那麼問。也沒有啦，就是想去而已，我猜她應該會這樣回答。因為是搭JR去的，所以是從距離觀光地中心有點遠的地方出發。抵達時間是下午一點左右。我們悠閒漫步，開始享受奈良的美景，並沒有！我和小Y走進一家開在路邊的連鎖式家庭餐廳「Gusto」。這麼說來，去嵐山那次也是這樣，因為「沒去過」，小Y完全忘了湯豆腐或傳統京都家常菜，一心只想著去連鎖家庭餐廳「Sunday's Sun」。我和小Y的旅行，難道是造訪沒去過的家庭餐廳之旅。就算肚子餓，好歹找個有旅行情調的地方，如今想來真是懊悔，但當時我們的確很滿足。翻看著有日式、西式料理的菜單，彼此小聲地交談，壽喜燒定食的熱量比漢堡排低，點這個好了。然後，在飲料吧看到有可可吔！而感到興奮。小Y邊翻閱向她姊姊借來的《奈良地圖本》，邊說等一下我們去近鐵奈良車站的「NARA奈良館」樓上看看吧。回過神才發現已經過了一個半小時左右。來到以神社寺廟為主的觀光地，卻在這兒待到超過下午兩點，我們到底在幹嘛。很多地方只開放到五點，更早的甚至還有四點就關門了。

小Y和我意識到時間不多了，急忙離開餐廳，加快腳步前往東大寺。為何是東大寺？因為當下想到的目的地只有那裡。反正，先去看大佛再說啦。沒買鹿仙貝的我們被鹿群忽視，不知道為什麼我清楚記得，一路上一直在跟小Y說，我打算用乾燥香草調養身體。把香草泡酒做成酊劑，可以拿來喝或加進化妝水，感覺這麼一來，我的人生就會改變，自己一股腦地說個不停。小Y和我的話題將近一半都和健康有關。例如，我打算試試看××、靠這個應該會改善，像這樣互相介紹覺得有效的養生方法。只不過，我們通常都做不久。瑜伽、皮拉提斯、長壽飲食（Macrobiotic[1]）等，我和小Y嘗試過各式各樣的養生方法。

東大寺的大佛有多大就別說了，倒是明信片，便宜得令人驚訝。一張五〇日圓，在這樣的時代簡直是超低價。最近有些美術展，一張明信片就要一五〇日圓了。想當然，我和小Y完全是卯起來買。小Y仔細端詳從斜角拍攝的大佛明信片，說要把它貼在公司的電腦旁，看來她和公司前輩真的處得不太好。當我猶豫著要不要買護身符時，被等到不耐煩的賣場阿北念「你就買那個好了啦」。之後，我又買了祈求長壽的護身符給我媽。

走出東大寺，我們立刻回頭朝近鐵奈良的方向走，前往「NARA奈良館」。途中我問小Y為什麼想去那兒。她說，那兒有和大佛的手一樣大的複製品，她想看那個。我心想，你嘛

1. 主張「以宏觀的角度審視生命，生活注重與自然的調和，如此一來身心自然會健康」的飲食養生法。

幫幫忙，大佛、大佛的手剛剛不是看過了。但，對小Y來說可以近距離看到那手有多大似乎很重要。進到「NARA奈良館」的人，只有我和小Y。在像是導覽處的地方，有個看似義工的阿北對我們說，想知道什麼都可以問我喔！

大佛的手，果然很大。因為太大了，我和小Y忍不住躺上去。如今我偶爾會想起當時的心情，說是安心又有點不一樣，像是平靜看淡一切的心情。要是在更多地方擺設大佛手的複製品，也許人們的內心不會那麼焦躁。另外還看到十二藥叉大將[2]的複製品，邊看著板子上關於佛像手印[3]的詳細說明，心想，原來手印有那麼多含意。我們各自尋找一種適合自己的手印，邊聊著有時間是不是應該多做幾次，然後閉館的時間到了。儘管養生方法做不久，手印的結法倒是學了幾個。

因為當時接連發生的好運，我那本關於奈良的小說，得到意想不到的結果。

我由衷感謝我的生活，以及與作品有關的所有人。還有小Y，下次你會再帶我去哪兒呢。

2. 俗稱「十二神將」，是佛教的護法神祇，主要記載在《藥師經》，是守護修持藥師佛法門眾生的十二位藥叉大神。
3. 佛教術語，係以兩手擺成特定的姿勢，用來象徵特定的教義或理念。

像念珠的東西與老弟

我和老弟因為工作時段完全不同，平常幾乎沒什麼交談。有時候甚至一個月以上沒講到半句話。最近幾次談話，一直都是聊年底的搞笑節目。每次都聊相同的話題，工作的事倒是很少提。

任職於看護中心的老弟，好像很喜歡自己泡咖啡，他房間的桌上還擺著咖啡機，咖啡香不時會飄進我房裡。我以為他只是愛喝咖啡，原來他還會買有香味的紅茶來泡著喝。該怎麼說呢，感覺老弟過著粉領族般的生活，我這樣告訴我媽，結果好像還不止這樣。我媽說，桌上有個大罐子，裡面放滿了點心。這麼說來，確實常看到家裡有樂天「巧克力派」經濟包的袋子。因為太常看到，有時在超市看到「巧克力派」想吃的話，心想跟老弟要就好啦，於是打消了買的念頭。一向慷慨的老弟，只要我放低姿態說，請給我一個，他馬上就會給。所以，要說老弟給我的東西，就是樂天的「巧克力派」。

說到這兒，最近家裡常看到用花型串珠串成像念珠一樣的東西。橘色加上水藍色和金色，或是透明的搭配紅色與粉紅色等，顏色的組合很古怪。那些大約用十八個大小相同的串珠串成的東西，有些擺在電視或矮飯桌上，有些吊在掛月曆的金屬鉤上。這到底是什麼玩意兒？是我媽閒來沒事做的嗎？做那麼多要幹嘛？儘管心中浮現這些疑問，我也沒特地去問。

得到芥川獎後，老弟立刻給了我那個像念珠的東西。在我的記憶裡，除了「巧克力派」，那是我第一次收到老弟給的東西。一問之下才知道，那個像念珠的東西是老弟工作的養護中心某位老人家的孫子做的。聽說老人家只會把孫子做的那個像念珠的東西送給看起來「很努力」的職員。老弟說「很努力」的內容，主要是幫老人家洗澡、協助他上床睡覺之類的事。當電視上報導了我得獎的消息後，那位老人家告訴老弟，你姊好像也很努力，幫我把這個拿給她。我聽了當下愣住說不出半句話，愈想愈覺得這是很光榮的事，然後收下那個像念珠的東西，並且一直放在工作的桌子上。雖然那對我來說不是必要的物品，也不是很想放在身邊的外形或顏色（順帶一提，我拿到的是黃色加黑色、綠色及透明的串珠，那配色說不上成熟或華麗，總之就是不可愛的組合）。每次看到那個像念珠的東西，我就會隱約想起，喔！原來我也是很努力的。

家裡有那麼多念珠，這也表示老弟相當努力。下次和他聊天，不知道是不是又過了幾十天之後，但只要看到家裡的念珠，就會想到，老弟還是很努力，很好很好，心中莫名感動。

北京夏季奧運的來臨

得獎後，接到各方邀約，請我寫關於得獎的文章。我也一如往常，好好好地逐一答應。然而，開始寫第一篇時，卻沒辦法像平常那樣寫，突然覺得極難下筆。

到底是怎樣難下筆，我也說不上來。簡而言之，因為我還不習慣自己得到的成就，完全忘了自己為何而開心。如果說是為了游泳而開心，那是因為我本身是旱鴨子。得獎名單公布那天，下班後回到家，那種感覺日益強烈。或許是我一直過著平淡的生活吧。至今還會夢到別人得獎的夢。好比前天下了班，坐在返家的電車上，夢到吉本新喜劇的小籔千豐得到芥川獎，我正讀著他被刊登在文學雜誌《文學界》的散文，結果差點錯過離家最近的那一站。在夢中，我對那樣的結果極為認同，十分專注地讀著他的散文。文中沒有任何搞笑的段子，完全針對當今的文學現況表達憂心。細節的部分一直想不起來，這點我非常懊惱。

基本上，我人生中期待的事很少，我寫的小說的確也是這樣。二〇〇八年的七月到八月，我正在創作，那段時間社會大眾都把焦點放在北京奧運。當然，我依舊傻呼呼地過日子，看著電視轉播。看是有看，但遇到真的很在意的比賽，有時我會刻意不看。因為只要我看了，原本有贏面的比賽就會輸，這種情況很常發生。愈是想著「不看」，愈得強迫自己「不去想」。所以那種時候，小說的進度就會超前囉，並沒有！我反而是懶散地躺著，做惡夢說夢話。

靠著消極的方式讓支持的隊伍得到金牌後，接下來就輪到自己的小說了。但我通常還是什麼都沒做，只是做惡夢說夢話而已。因為搞不懂自己寫的東西到底有不有趣。基本上，我寫的都是自己認為有趣的事，不過仔細想想，以我這樣的價值觀似乎沒什麼可信度。如此缺乏自信的內容，雖然無法照進度完成，日子也就一天天地過去了，最後到了緊要關頭，只好寫更早之前發生的事。

想寫「沒有相遇」的小說開啟了我的創作之路。接受各家媒體採訪時，被問到寫作的理由，我都是當下想到什麼就說什麼，我想這應該是最主要的念頭。那你在其他地方說的又算什麼，或許有人會不爽。總之，我寫作的理由很多，而且，當我重讀自己寫的小說也會想，當初為何要寫這個，我常會忘記自己寫了什麼，所以請各位多多包涵。我經常提到相遇的價值，不少作品也是以「相遇」為出發點，但我在相遇這件事的運氣很差。在我的小說裡出現的人，大致上運氣也都不太好，因此我只是單純地認為「沒有相遇」比較自然。這也是為什麼，我得獎作品的主角沒有遇到新的人，都是和已經認識的人交談、行動。

可是，那樣的內容有趣嗎？都寫了超過一半我才想到，想啊想啊就寫不下去了。那時北京奧運應該已經結束。寫不出來，就只是單純地寫不出來，沒有其他理由。進度比預定的落後。甚至覺得寫小說這個決定是不是太草率了。不過，我還是告訴《群像》的責編，這個夏天我會把小說完成。沒事說什麼大話啊！

結果，我留下最後幾行，將檔案寄出。重新看了寄件備份的記錄，是在八月二十三日寄出。我在信中寫到，原本想在八月二十二日寄出，但這天是不吉利的佛滅日，所以延到大安日的今天寄出。看我多沒自信，寄信還要挑日子。後來，那位編輯回給我的信中也常這麼寫，不管發生什麼事，因為是大安，所以安啦！或是那天應該是先勝日[1]，像這樣鼓勵我。

您寫的很有趣喔！馬上收到感想的回信時，那股放心的感覺，至今我仍清楚記得。以往交出小說的文稿後，我都會因為緊張變得神經兮兮，寫得獎作品時卻很不一樣。這麼說有點老套，回想起來彷彿昨天發生的事。記得那是在公司午休過後，我打開電子信箱，呆愣了好一會兒，明明還有工作要做。

那樣的作品竟然可以得獎，心情就像看到放生的鮭魚變成鯨魚游回來一樣。內心再次覺得，真是太猛了！好想就這樣一直放空下去。

1. 上午吉、下午凶。當天的事情盡量在中午前完成較好。

炸雞王子

因為已經在很多地方不斷提起，或許有人會覺得，夠了吧你，那是你自己的事、其實你很得意，都躲在廁所或被窩裡偷笑對吧。就算被罵成這樣，我還是要說，我真的沒想過自己會得到芥川獎。這麼說來，我已經不能參加「待機會」[1]了，也就是說，我再也吃不到「待機會」的餐點了，我一直想著這件事。

如今我經常想起，《婚禮、葬禮及其他》這本書落選的時候，參加「待機會」的續攤時，我點了薑汁汽水，結果那家店剛好沒了，店員跑出去幫我買，結果被來參加續攤的編輯碰個正著，實在很好笑。

1. 入圍文學獎的作者與各出版社的責編，在發表會會場附近的咖啡廳邊吃吃喝喝，邊等待得獎名單的公布。

說起那家居酒屋，當時怎麼只吃日式高湯煎蛋卷和茶泡飯，應該要多吃一點炸雞，不知為何現在又想起來。記得別桌還有炸薯條，那個也沒吃真是虧大了。去參加文學獎的「待機會」等活動時，在那種許多編輯齊聚的場合，我一直講些有的沒的，都沒怎麼吃東西。結果，回到大阪後才後悔應該多吃點那個的。

這次確定得獎後的續攤，當時的炸薯條，應該也要多吃點才是。「待機會」的炸雞應該也要多吃點，幹嘛伸手去拿三明治那些離自己比較近的東西吃，至少要堅持吃到炸雞啊，事到如今只能茫然地悔不當初。

這樣看來，對我來說，芥川獎的審查與炸雞、炸薯條似乎有著密切的關係，不由得感到錯愕。但，事實的確如此。最近讓我有相同感受的是，下班後去了趟「ikari」超市[2]，試吃到超好吃的炸雞，可是我已經決定好晚餐要吃什麼，所以沒買就回家了。感覺是毫不相關的兩回事，就算不是那一天，我也經常想起「待機會」的餐點。

至於《綠蘿之舟》的「待機會」，那天早上我仍照常上班，中午前往東京，下午四點接受報社聯訪，之後才在講談社的會議室舉行。相關的編輯人員共十幾人在會議室裡走來走去，我先在角落的位置坐下，表情相當僵硬。會議室裡人很多，我卻找不到任何焦點。啊不對，焦點應該是，我到底得獎了還是落選了。平時散漫慣了，還不習慣成為別人的焦點，實在無法表現得落落大方。為了躲避別人的視線，我開始找插座想給手機充電，想利用手機逃離現實。進入二〇〇九年後，這是我所遇到最焦躁的時刻，蹲在地板上，把充電器的插頭插進插座。

在如此危急的情況下，愛吃炸物的《群像》前總編某先生，目光來回掃視擺在桌上的肯德基，然後笑咪咪地說「奇怪，怎麼沒有炸雞啊？」，聽到這句話的瞬間，我著實感到輕鬆不少。即便是這樣的情況，炸雞還是很重要。「齁～你是炸雞大叔喔！」《群像》的責編吐槽回。我不小心聽錯，回了句「炸雞王子？[3.]」。這個小插曲，令我放鬆許多。心想，算了

2. 在關西地區相當於高級超市的代名詞，主要開在阪神地區。
3. 日文的「王子（おうじ）」和「大叔（おやじ）」只差一個字，所以作者才會聽錯。

啦，別想那麼多。受到這麼多人的關注，這輩子能有幾次，好好享受這個時刻吧。就算落選被帶去參加續攤，那就盡情閒聊大吃大喝，回到飯店看看電視睡個覺就好啦。

最後，我得獎了。接到通知電話時，因為表現得過於鎮定，起初還被誤以為是落選了。多虧炸雞王子的出現，使我不致於太消極。

頒獎典禮結束後，我的生活也慢慢恢復到原本的狀態，直到現在還是會想起炸雞和炸薯條，以及炸雞王子。我也堅定地告訴自己，如果可以，希望能夠寫出當某人不安或沮喪時，讀了會覺得心安自在，宛如炸雞王子般的小說。

與書店店員聊天的樂趣

得到芥川獎後，我最先想到的是，以後去書店可以比較輕鬆了。比較輕鬆的意思，不是以消費者的身分，而是以小說作者的身分去拜訪書店。

我第一次以作者的身分去書店是《音樂保佑你！！》（ミュージック・ブレス・ユー！！）這本書出版時。自從這本書決定出版後，我老想著要去拜訪書店。當然，因為這本書花了我許多心血，而且也覺得這或許是最後一本了，內心很焦急。那樣的感覺，一直都有。不知道能寫到什麼時候，也不知道我的小說能在書店裡擺多久。所以，我常鑽牛角尖地想，只剩下現在了。

我很不想打擾書店店員的工作。具體的理由我也說不上來，但我認為「打擾別人工作」是很不像話的缺德事。抱歉，插一下題外話，說到「打擾別人工作」，我就會想到《小熊維尼的道》（*THE TAO OF POOH*）這本透過小熊維尼簡單說明道家思想的書。書中有這麼一段，小熊維尼用沾到墨水的手去摸作者班傑明霍夫（Benjamin Hoff）的稿子，結果弄髒了。對我來說，「打擾別人工作」並非那麼可愛的舉動。該怎麼說呢，那好比是某種壞蛋的惡劣行為，總之是絕對不能做的事，況且我也不是小熊維尼。

基於那樣的考量，猶豫了好一會兒，我戰戰兢兢地前往書店。因為本身是個膽小鬼，就算自己的作品出版了，我也沒勇氣進書店瞧瞧。去書店遇到店員，在自己的書上簽名。這全都是出生以來的初體驗，我緊張到頭都暈了。

不過，書店的店員都很親切。

當我第二次入圍芥川獎，得知落選的隔天，我去逛了東京的書店。我是剛出爐的落選者喔，聽到我這番自嘲，對方體貼地接受，還有人回應我那觀點狹隘的音樂話題。百忙之中打擾真是抱歉，帶著這樣的心情拜訪書店，邊說對不起對不起，邊在書上簽名。想想自己的低知名度，就算書上有簽名，看起來不過是普通的塗鴉罷了。儘管內容不怎麼樣，至少裝訂很漂亮，我卻用簽名弄髒，搞不懂自己到底在幹嘛，「請欣賞完美麗的裝訂後再翻閱一下內容」，甚至寫了這樣的留言。我想書店的店員應該會覺得，這個作者是怎樣！我就像是成績爆爛、吊車尾考上的高中生，太好了、真是萬幸、走吧，以這樣的心情搭上回家的電車，雙手不停冒汗。

後來，我也去拜訪了大阪的書店。累積一些經驗後，我才察覺所謂的「簽名」，不是要讓作家稱讚裝訂，於是開始小心翼翼地寫些莫名的「留言」（至於內容是什麼，因為很丟臉我就不寫了，請各位自行到書店確認）。

漸漸地我也能和書店的店員閒聊幾句。某書店拿來放簽名筆的盒子，上頭寫的「簽字筆」那筆跡和我的一模一樣，發現時我很驚訝。這件事是我第一次和店員閒聊的內容。雖然那位店員當天不在，後來我還是見到了。就是他！筆跡和我一模一樣的人！內心小小感動。

如今，我真的發自內心覺得去拜訪書店是很開心的事。和店員聊天很愉快。簡單打過招呼後，彼此天南地北地聊，聊家人、聊旅行。當然也會聊書的事，與他們交談使我獲益良多。能夠透過寫小說這件事，和不少書店的店員談話，這樣的我何其幸運。那些認真工作、認真生活的人所說的話，全都是那麼有趣且真實。

不應該是這樣

連載專欄的風格是「關於活字的散文」，但有趣的是，編輯寫來確認進度的電郵中提到，「主題是『活字的周邊』」。喔，了解，似懂非懂的我，在電腦前邊點頭邊思考「活字的周邊」是什麼意思，是像「廚浴的周邊」嗎？先不管主題的意思，廚浴的周邊又是什麼？花王的廚房用漂白水或Jif清潔劑嗎？不過，「～的周邊」還真是有趣的說法，有好一會兒我都在想各種「～的周邊」。像是，「工作周邊的事」、「通勤路上周邊的人們」。這詞還滿好用的，想這些有的沒的想得很開心，到底要寫什麼又是個頭痛的難題。因為我不知道自己的生活哪些部分算是「活字的周邊」。

沒辦法了，像平常一樣把想到的先寫在公司的回收紙吧。嗯，和寫小說有關的事物應該比較接近，我試著列出寫小說時相關的環境與心情。植物、茶、點心、固定用的文具、因為必須聽環境音，花十六美元下載了雨聲、一直很沒自信、其實很想用「Moleskine」的筆記本，偏偏不用公司的回收紙又寫不出來，拉里拉雜寫了一堆。這些就是我的廚房用漂白水和清潔劑嗎？反覆看著自己寫的備忘錄，覺得有些苦惱（對了，說到環境音，我在生活情報節目《老師沒教的事》裡看到，聽環境音可以提升專注力，所以跟著照辦，是滿有效的）。

現在的我，偶爾得用「作家」的身分參加活動，應該寫些更有意義的內容，告訴自己要有這樣的心理準備。說歸說，真的就是「準備在心裡」。廚浴周邊的問題就交給廚房用漂白水或清潔劑處理，對我而言，植物、茶、點心、公司的回收紙與紙膠帶、百樂V CORN鋼珠筆、花十六美元下載的雨聲都是活字的周邊。在那當中，特別是用來編寫情節或草稿的文具，有三樣目前我還沒找到能夠替代的物品：回收紙、紙膠帶和V CORN鋼珠筆，就是這三樣。

其實，我沒想過會成為這樣的「作家」。難道沒辦法再多一點作家的氣質嗎？

人們常說，沒想到長大後會變成這樣的人，對此我也有同感。可是，成為這樣的「作家」，我真的想都沒想過。感覺「作家」應該再夢幻一點。小時候我想像中的作家，並不會用公司的回收紙寫東西，也不會仰賴生活情報節目的知識。

重看「活字的周邊」的備忘錄，我又發現了「工作方式與國中時念書的方法一樣」這件事。國中的時候，寫學校或補習班的作業，每當完成一個大問題，我就會吃點心或貼貼紙。設定小目標，自我激勵。點心就算了，貼紙是怎麼一回事？我很喜歡貼貼紙，把從各處收集到的貼紙（任何圖案都行，就算是路邊發的交通安全貼紙，或是去年沒用的行事曆貼紙都可以。不過，喜歡的貼紙只有解出很難的問題時才會用），貼到專用的貼紙簿，比起被模糊的數字或英文字母填滿的筆記本，更陶醉於欣賞當天的成果。如此莫名的自我獎勵，從國中到現在都沒變過。我會用公司的回收紙做筆記本，再拿滾輪裁刀劃出虛摺線，等到寫完備忘錄，再從筆記本上撕下來，做那些事讓我覺得很開心。把撕下來的備忘錄用紙膠帶貼到別張紙上，那也會讓我很開心。獎勵＝撕下、貼上。這和國中的時候一點都沒變。而且，現在還多了「從虛摺線撕下來」這個步驟。我的獎勵也跟著時代進化了。為了趕快把備忘錄從筆記本上撕下來，趕快用紙膠帶貼到別張紙上，我總是寫得很勤。這麼做根本就是本末倒置，但這就是我寫小說的前置作業流程。加油加油、快要可以撕囉、快要可以貼囉，像這樣自我激勵，含淚在回收紙上埋頭猛寫。

小時候我想像中的「作家」不會去想什麼「快要可以撕囉」、「快要可以貼囉」之類的事。如今很難用言語形容自己的差距有多懸殊，乾脆舉例比較快，就像是電影《時時刻刻》（*The Hours*）裡的維吉尼亞．伍爾芙（Virginia Woolf），那才算是「作家」。作家不會在公司的回收紙上隨便寫些有的沒的，而是在材質更好、有硬皮封面的筆記本上，用鋼筆流暢書寫構想的人。我曾在電視上看到宮崎駿導演的構想筆記，他不是用回收紙，這還用說！

沒想到光講備忘錄就扯了一大堆。對我來說，活字的周邊就是寫小說這件事，也就是寫備忘錄。至於該怎麼寫，我還沒有具體的想法。我總是想到什麼就寫什麼，從沒想過自己會寫小說。縱使已經寫了幾本，除了埋首創作的時候，其餘時間我從不覺得自己「很會寫」。對著電腦斟酌字句時，心裡也想著，或許我並不會寫。為了潤稿而重讀自己的文章，結果發現很多看不懂的地方。就寫的量來看，的確是「很能寫」，但不等於「很會寫」。

備忘錄可能很會寫，小說應該是不可能。我能做的只有，盡可能把可以留下記錄的事寫下來。恐懼不安、戰戰兢兢，將那些累積的記錄寫成小說。不應該是這樣啊。有件事我很確定，自己無法成為兒時嚮往的那種「作家」。焦慮地寫著備忘錄，唉～好想成為作家，現在我還是經常夢到這樣的夢。不過，儘管不符合理想，我也勉強算是有「作家」的樣子。這麼說也沒錯。只是，這樣想的話，與其說失望，多半是覺得真糟糕啊。為了躲避那種消極的心態，只好寫備忘錄。朝著不可能的事努力，就算覺得應該不行了。明天起繼續寫小說。就像第一次搭飛機的人那樣，懷抱著緊張的心情。

〈女人要工作〉的原稿

「可以請您用『女人要工作』這個主題寫一篇文章嗎？」，因為編輯的提議，我正在寫這篇文章。不過，仔細想想，相較於我的笨拙吃力，別人工作的樣子卻很沉著穩重，我和她們之間似乎差很大，想著想著突然擔心起來。

工作這回事，就是那麼複雜。尤其是快三十歲之前，對於工作的體會也跟著加深。二十七歲時，和朋友閒聊工作，她認為二十九歲是轉換跑道的底限。結果，那樣說的朋友換了兩次工作，而我則邊在現在的公司上班，邊把寫小說當成副業在做。

另一位大我三歲的上班族朋友，去年起，周遭有十幾個人都勸她「差不多該結婚了」，讓她壓力很大，為此煩惱許久。也許是因為我們年紀略有差距，聽她那麼說，我很驚訝，心想都什麼時代了，還有催婚這種事。不過，她母親、公司的上司、朋友，甚至是居酒屋認識的酒友，一群交情深淺不一的人紛紛向她催婚。再拖下去就變成老小姐了，到時候沒有好男人會要你，據說這是他們的「忠告」。變成老小姐啊，我和朋友感慨地聊著，我們要變成老小姐啦、是上了年紀的人啦。

二十五歲前，從未認真思考過。當時只覺得，看喜歡的電影、吃美食、偶爾和朋友聊聊天，那樣就很幸福了。現在還是一樣，只是為了「維持」那些幸福，就必須耗費心力，到了快三十歲才明白這點。我已經上了年紀、我的家也上了年紀、父母也上了年紀。稅金提高、突然變得不景氣。清楚了解到，在諸事不如意的狀態下探尋到的恰當幸福，想要只靠自己的意志維持並不容易。

為了抵抗那樣的壓力，所以要工作。這麼說或許太理想主義，但當生活突然受到社會或世界的干涉，工作、可以工作，是唯一能用來應付的手段。特別是對前文提到的那兩位、包含我在內的三個女人，更是如此。即使知道夢想早已遠離，但為此絮絮叨叨、埋怨懊悔，就連週末和朋友聚餐的樂趣也會消失。為了維持那恰當的幸福，無論如何都要工作。邊工作邊有所覺悟，父母、房子與自己將日漸老去。

說二十九歲是轉換跑道的底限的那位朋友，我和她聊到當我們二十九歲時，會不會變成小時候想像中的大人。一點也不，我們異口同聲地說。接著問彼此，這樣不好嗎？然後笑著說，那倒也不會。不過，這輕率的結論我不太滿意，為了讓朋友說出心中的不滿，我試探性地問，「可是啊，小時候覺得二十歲結婚當家庭主婦是很理所當然的事。難道你現在一點都不覺得那樣也不錯嗎？」朋友想了一下回道，我不覺得。接著斷斷續續地說，「我啊，要把賺來的錢拿去玩，我覺得，那樣比較重要。」二十多歲的她換過幾次工作，也常搞到手頭沒錢。如今我還是會想起當時她說的話，然後覺得充滿勇氣。

薯美與幸子

工作上要「取名」的職業應該很多，但，構思人名或是類似人名的職業應該有限。我稍微想了一下只想到，為颶風取名的美國氣象局人員、為剛出生的小寶寶取名的動物園職員。對了，藝人經紀公司的人應該也是。可是啊，那都是已經有本名再另外取的藝名，像是卡崔娜颶風（本名：珍）、北極熊雪花（本名：湯瑪斯），抱歉，我又在胡思亂想。不過，那些都只是暫時取的名字而已。儘管那必須考慮市場取向，其實很不容易。

寫小說的人也一樣，要幫虛擬的角色取名，雖說是暫時取的名字，基本上我還是以取本名的心態在思考，這點和藝人經紀公司就不太一樣了。名字可以配合小說的風格來想，但像我這樣缺乏夢想的作風，必須取更像本名的名字才行。

取名這件事費了我不少心思。姓氏倒還好，問題是名字。這也是為什麼我的小說裡，有時就算是主角，只有姓沒有名。想到不錯的名字就拿來用啊，可是小說裡出現的人物很多、個性複雜，覺得不錯的名字很快就會用完。雖然取名字的人是我，但在小說裡，取名字的是角色人物的父母。父母覺得好的名字，我未必認同。有時已經決定好名字，開始動筆寫之後，嗯，不對，這個角色的父母應該不會取這種名字，於是又改名了。

若是主角的名字，磨合期至少得花一個月，令我更加煩惱。想主角的名字時，我的基準是「不會感覺父母有過高的期望或是特別的含義，但也不能太隨便，念起來不會覺得特別可愛或帥氣的名字」。簡而言之，就是中庸的名字，其實這並不容易。要是名字太普通，我會覺得很難與書中的角色連結。有時候寫到一半，儘管機率不高，居然碰巧認識相同名字的人。這些情況下，我多半會改名。有時快寫完了，已經進入無法更改的階段，卻在網路上看到同名同姓的人。雖然我也不是故意的，總覺得對那個人有些抱歉。不過，太特殊的名字就算沒有刻意製造話題，在故事中就是顯得突兀，太麻煩了，所以我不會用。

因為都得花一段時間適應主角的名字，對我來說，不上不下的名字最理想。取名真是件棘手的事。而且，女性的名字比男性的名字難取。曾有一段時間，我拜託工作上會看到許多人名的朋友，每天向我回報「今天看到的中庸名字（姓氏不用）」。雖然這份名單至今尚未用到，我想也快了。

基於前述的種種理由，我對取名很感興趣。好幾次拿到初次見面的人的名片，我突然稱讚了對方的名字，像是在拍馬屁。這人是怎樣……也許那些被我稱讚的人會這麼想，但我當下真的別無他意，是發自真心的稱讚。所以，請放心，讓我好好稱讚個夠。

最近，比起中庸的名字，我倒是常上網看令人印象深刻的名字。網站裡列出許多超猛的名字，該怎麼說呢，那些隱藏在名字裡的父愛母愛，或是過度用心，反正就是愛的表現，看了著實使人發暈。有些名字感覺不太妙，甚至讓人想說，不該給孩子取那種名字吧！詳細內容我就不多說了，只是，就算我再喜歡馬鈴薯，如果把孩子取名為「薯助」或「薯美」，肯定會被埋怨，就是像這種誇張的名字。除了有令人聯想到「惡魔」事件[1]等級的名字，也有讀起來相當洋派的名字，或刻意用感覺霸氣的字組成的名字。看到那些名字，我不禁感嘆，這是愛嗎？應該是吧，有股樂極生悲的哀傷。

厭倦了為小說角色取名的我，看到那麼多孩子的名字也開始思考，如果是我的孩子，我會取什麼名字。寫了許多備忘錄，最後我決定，女生取做「幸子」，男生就叫「清」。那麼，幸子或清會出現在我的小說裡嗎？可能性很低。因為我清楚知道他們的父母是多麼絞盡腦汁才想出名字，所以沒辦法寫他們的故事。

1. 一九九三年發生在東京昭島市的事件。有位父親到戶政事務所申報出生登記，卻用「惡魔」當作兒子的名字。雖然「惡」和「魔」屬於常用漢字，但基於可能危害孩子的福利，以濫用親權為由拒絕受理。這件事當時在日本引起不小的話題。

後記

校稿時，心中有股莫名的無所謂感如漣漪般不斷擴散。有了小說家的身分後，這幾年來，經常出現在書中的朋友小Y已嫁作人婦，世足賽、歐洲國家盃、美洲盃、奧運和冬奧也都各自舉辦過兩次、泰利（John Terry）在記者會上大罵教練法比奧卡佩羅（Fabio Capello，知名足球教練），隔天卻又開了道歉記者會、嫁給西班牙人的朋友M生了小寶寶、我去申辦了J SPORTS頻道，儘管發生了許多事，在生活中思考無關緊要的事這點，完全沒變。即便如此，還是會覺得百感交集吧，我試著這樣問自己，得到的答案是，沒有。「算了，我也是有努力過」，微薄的自信如同泡影，只留下無力感。也許，我會重玩DS版的《勇者鬥惡龍V》，腦中短暫閃過這個念頭。下次我要狠下心，不再讓爆彈寶寶「尼特羅（ニトロ）」成為夥伴（這恐怕不可能）。

寫這篇後記時，對於本書的無所謂感，我決定以不自嘲、不推託的態度來寫。結果卻什麼都寫不出來，好個雙面刃似的無所謂感。察覺大事不妙的責編，用充滿活力的筆跡寫著「請寫寫看這本書是希望給怎樣的人看！」（這位責編是個耿直的年輕人，經常把超商抽獎的安慰獎《勇者鬥惡龍》筆記本送給我），所以我打算想到什麼就寫什麼。

炫耀自誇、溫馨感人、人生道理、他人的不幸，儘管對這些都膩了，還是想讀點什麼的時候，希望能翻開本書。我把想說的話毫無保留地寫出來，即使內容平淡沒意義，若能使讀的人在閱讀過程中稍微放鬆，我會感到很幸福。這樣就很好了，讓人有這種感覺的，不是百貨地下美食街賣的蛋糕，而是在超市花不到兩百日圓就能買到的點心。如果我的書能讓各位覺得，像是在超好吃的森永牛奶餅上塗了巧克力那樣，我應該會高興到哭出來吧。

有時想與知心好友閒聊打屁，可是時間有點晚了，或是對方現在好像很忙，這種時候，若能拿起本書隨意翻閱，我也會非常開心。不起眼又愚蠢也無妨，總覺得有把握活下去，把本書當成這樣的指標也沒關係。

順帶一提，原本我想在後記寫寫看關於回籠覺這件事，但有種過於「渴望」的感覺，自己讀完有點嚇到，所以還是算了。「搞什麼，我就是想看回籠覺啊！」，如果有人這麼想，真的很抱歉。小睡、大睡（？）和午睡，平時我會像這樣一天睡三回，簡單地算了一下，一年之中我大概有過八百次想睡回籠覺的念頭，想到就鬱悶。

不管能不能睡回籠覺，我都由衷期望，各位別為了某些事陷入自責的情緒。此外，當你遇上隨便評論別人幸不幸福的無禮傢伙時，請將本書拿給他看，讓他知道這世上還有人老想些無所謂的事。他讀完後自會理解，什麼叫「白費力氣」。

那麼在此暫別，下次希望透過小說與各位重逢。

人生散步 LWH0003

卯起勁來無所謂——上班族小說家的碎念日常

作　　者——津村記久子
繪　　者——木下晉也
譯　　者——連雪雅
主　　編——李宜芬
責任編輯——楊佩穎
美術設計——蕭旭芳
執行企劃——張燕宜、石瑷寧
董 事 長
總 經 理——趙政岷
總 編 輯——余宜芳
出 版 者——時報文化出版企業股份有限公司
10803台北市和平西路三段二四〇號四樓
發行專線——（〇二）二三〇六—六八四二
讀者服務專線——〇八〇〇—二三一—七〇五
（〇二）二三〇四—七一〇三
讀者服務傳真——（〇二）二三〇四—六八五八
郵撥——一九三四四七二四時報文化出版公司
信箱——台北郵政七九～九九信箱
時報悅讀網——http://www.readingtimes.com.tw
法律顧問——理律法律事務所　陳長文律師、李念祖律師
印　　刷——勁達印刷有限公司
初版一刷——二〇一六年九月二十三日
定　　價——新台幣三〇〇元

時報文化出版公司成立於一九七五年，
並於一九九九年股票上櫃公開發行，於二〇〇八年脫離中時集團
非屬旺中，以「尊重智慧與創意的文化事業」為信念。

國家圖書館出版品預行編目（CIP）資料

卯起勁來無所謂—上班族小說家的碎念日常 / 津村記久子著. 連雪雅譯 -- 初版. – 台北市 : 時報文化, 2016.09
面；　公分. --（人生散步；03）
ISBN 978-957-13-6730-9（平裝）

861.67　　105012358

ISBN 978-957-13-6730-9
Printed in Taiwan